IHRE GESTOHLENE BRAUT

BRIDGEWATER MÉNAGE-SERIE - BUCH 7

VANESSA VALE

Copyright © 2015 von Vanessa Vale

ISBN: 978-1-7959-0069-0

Dies ist ein Werk der Fiktion. Namen, Charaktere, Orte und Ereignisse sind Produkte der Fantasie der Autorin und werden fiktiv verwendet. Jegliche Ähnlichkeit mit tatsächlichen Personen, lebendig oder tot, Geschäften, Firmen, Ereignissen oder Orten sind absolut zufällig.

Alle Rechte vorbehalten.

Kein Teil dieses Buches darf in irgendeiner Form oder auf elektronische oder mechanische Art reproduziert werden, einschließlich Informationsspeichern und Datenabfragesystemen, ohne die schriftliche Erlaubnis der Autorin, bis auf den Gebrauch kurzer Zitate für eine Buchbesprechung.

Umschlaggestaltung: Bridger Media

Umschlaggrafik: Period Images; fotolia.com- Jag_cz

HOLEN SIE SICH IHR KOSTENLOSES BUCH!

TRAGEN SIE SICH IN MEINE E-MAIL LISTE EIN, UM ALS ERSTES VON NEUERSCHEINUNGEN, KOSTENLOSEN BÜCHERN, SONDERPREISEN UND ANDEREN ZUGABEN ZU ERFAHREN. SIE ERHALTEN EIN KOSTENLOSES BUCH FÜR IHRE ANMELDUNG! TRAGEN SIE SICH IN MEINE E-MAIL LISTE EIN, UM ALS ERSTES VON NEUERSCHEINUNGEN, KOSTENLOSEN BÜCHERN, SONDERPREISEN UND ANDEREN ZUGABEN ZU ERFAHREN. SIE ERHALTEN EIN KOSTENLOSES BUCH FÜR IHRE ANMELDUNG!

kostenlosecowboyromantik.com

PROLOG

Mary

„Auf deine Hände und Knie, Liebling."

Der Mann stand so nackt wie am Tage seiner Geburt neben dem Bett und streichelte seinen sehr harten Schwanz. Eine klare Flüssigkeit quoll aus der Spitze und das schelmische Grinsen in seinem Gesicht verriet, dass er sich gut amüsierte. Er war attraktiv, schlank, muskulös und sein Kiefer wurde von einem ordentlich gestutzten Bart verdunkelt.

Die Frau lächelte ihn kokett an und tat, was ihr befohlen worden war. Sie trug nur ein blutrotes Korsett, die oberen Korsettstangen waren geöffnet und ihre vollen Brüste quollen aus dem Kleidungsstück.

Ich stand im Nebenzimmer und blickte durch ein kleines Loch. Meine Hände drückten gegen die Wand, während ich sie beobachtete. Cloe, eine der vielen Huren aus dem 'Briar Rose', stand neben mir, unsere Schultern stießen aneinander, während sie das Ganze durch ihr eigenes geheimes Guckloch beobachtete.

Die Hure, die sich jetzt auf ihren Händen und Knien befand, streckte ihren Po raus, wackelte damit und lud den Mann so ein, ihre Pussy zu betrachten. Auch wenn keiner von ihnen schüchtern und eine von ihnen eine Professionelle war, hegten sie einen Umgang miteinander, der darauf hinwies, dass sie schon zuvor auf diese Weise zusammen gewesen waren.

Im Verlauf der vergangenen Monate hatte ich mit Chloe oft bei solchen Szenarien zugesehen und konnte solche Dinge mittlerweile erkennen. Ja, ich kannte die vulgäreren Bezeichnungen für das Glied eines Mannes, für die geheimen Stellen einer Frau und noch mehr. Schwanz, Pussy, Arsch, Wichse. Diese Wörter waren für mich nicht länger geschmacklos oder verdorben. Ich hatte das Bordell zuerst aus einem ganz unschuldigen Grund besucht. Als Mitglied der Frauenhilfe hatte ich gebrauchte Kleidung vorbeigebracht. Dabei hatte ich Chloe kennengelernt und wir hatten uns angefreundet. Zugegebenermaßen war ich auch neugierig gewesen, was in einem Bordell vor sich ging. Was zwischen einem Mann und einer Frau vor sich ging.

Ich keuchte, als der Mann die Hure auf den Hintern schlug, woraufhin ein leuchtend pinker Handabdruck auf ihrem hellen Fleisch erblühte.

„Siehst du, Nora gefällt es", flüsterte Chloe.

Die Hure wusste zweifellos von den Gucklöchern, aber der Mann, der für Sex mit der drallen Nora bezahlt hatte, wusste es wahrscheinlich nicht. Die Löcher waren aus Sicherheitsgründen angebracht worden – Männer waren unberechenbar und manchmal grausam – aber ich fand sie auch sehr nützlich zum Beobachten. Miss Rose, die Bordellbesitzerin, schien nichts gegen meine *vernünftigen* unschuldigen Aktivitäten zu haben, solange ich mich versteckt hielt.

„Sie lässt sich gerne den Hintern versohlen?", flüsterte ich zurück. Ich konnte an ihrem überraschten Blick, dann den glasigen Augen sehen, dass es ihr gefiel. Mir gefiel es auch, aber ich wagte es nicht, das Chloe zu erzählen oder überhaupt irgendjemandem. Die Vorstellung, dass die Hand eines Mannes auf meinen nackten Po klatschte, ließ mich zwischen meinen Schenkeln feucht werden und meine Pussy zusammenziehen genauso, wie es Nora tat.

Ihre Pussy war rosa und geschwollen und feucht von Erregung. Meine war das zweifellos ebenfalls und ich schaute nur zu. Ich wollte, dass ein Mann das mit mir machte. Nicht der Mann, der bei Nora war, sondern *irgendein* Mann. Mein Mann, wer auch immer das sein mochte. Ich wollte ihm über meine Schulter hinweg kokett zu zwinkern, sein antwortendes, verschmitztes Grinsen sehen. Ich biss auf meine Lippe, um ein Stöhnen zu unterdrücken, als er ihr wieder auf den Hintern schlug und das laute Klatschen seiner Handfläche auf ihrem Po von den Wänden hallte.

Ich hatte Huren gesehen, die den Männern etwas vortäuschten, die ihr Vergnügen im Austausch für Geld vorspielten. Aber bei diesem Mann musste Nora nichts vortäuschen. Anstatt seinen Schwanz in sie zu stecken – sie zu ficken, wie Chloe es nannte – kniete er hinter ihr auf dem Bett und legte seinen Mund...dorthin.

„Oh, Gott", flüsterte ich. Chloe hielt ihr Kichern mit den Fingern zurück. Ich schaute zu meiner Freundin, die wilde, rote Haare und rosa Wangen hatte und ich wusste, dass meine Augen weit aufgerissen waren. *Das* war etwas Neues für mich.

„Ihm gefällt es, eine Pussy zu lecken", wisperte sie.

Ich wandte mein Auge wieder dem Guckloch zu, als ich Noras Lustschreie hörte. Er leckte ihre Weiblichkeit, saugte und knabberte daran. Oh meine Güte. Sein Bart begann von ihrer Erregung zu glänzen.

„Das ist es, Schatz, komm für mich", sagte der Mann. „Komm auf meinen Fingern und dann werde ich dich ficken."

„Ja!", schrie Nora. Der Mann wischte mit seiner freien Hand über seinen Mund und ließ seine Finger in Nora rein und raus gleiten, während sie sich auf ihnen wand.

Es fiel mir schwer, nicht unruhig zu zappeln, während ich beobachtete, wie der Mann Nora ein solches Vergnügen bereitete. Er war so begierig, sie zu ihrem Höhepunkt zu bringen, dass er seine eigenen Bedürfnisse hinten anstellte. Ich wollte das. Ich wollte einen Mann, der mich an erste Stelle stellte.

Der Mann schlug sie wieder. Der Schwanz des Mannes war vergrößert und tropfte. Er benötigte eindeutig seine eigene Erlösung. „Jetzt, Schatz. Gib es mir jetzt."

Nora tat genau das und schrie ihr Vergnügen hinaus. Ihr Gesichtsausdruck war unglaublich. Wilde Hemmungslosigkeit. Sie dachte an nichts anderes, als die Glückseligkeit, die der Mann ihrem Körper entlockt hatte. Das lüsterne Grinsen des Mannes zeugte von seiner Macht über ihren Körper.

Gott, ich wollte das. Ich sehnte mich danach. Ich brauchte es. Aber ich war keine Hure im 'Briar Rose'. Ich war eine Kupfererbin und ich sollte nicht einmal etwas über Ficken wissen. Ich sollte nicht einmal das Wort kennen. Aber ich kannte es. Machte mich das zu einer liederlichen Frau? Wahrscheinlich, aber mein Leben war so eintönig, so streng und langweilig, dass die Besuche bei Chloe und die Entdeckung einer völlig neuen Welt die einzigen Dinge waren, die mir Vergnügen bereiteten. Hoffnung.

Hoffnung, dass es dort draußen einen Mann gab, der mich so wollen würde, wie dieser Mann Nora wollte. Ich wollte wild sein, nicht erstickt werden. Ich wollte jeden meiner geheimen Wünsche mit jemandem teilen dürfen, der sich um sie kümmern und sie nicht unter dem Druck der höflichen Gesellschaft zerstören würde.

Ich wollte mehr, als ich jemals von meinem zukünftigen Ehemann erhalten würde. Wenn mein Vater seinen Willen durchsetzte, würde das Mr. Benson sein und er würde mir *niemals* meinen Hintern versohlen oder meine Pussy lecken oder mich auch nur von hinten nehmen, wie es der Mann mit Nora machte. Stattdessen würde ich auf meinem Rücken im Bett liegen, es würde dunkel sein und Mr. Benson würde mein Nachthemd hochheben und in mich eindringen, um mich mit seinem Samen zu füllen. Es würde seltsam und unangenehm sein, klebrig und eine Sauerei. Ich würde kein Vergnügen erleben. Ich würde...nichts erleben.

Als der Mann und Nora ihren Höhepunkt erreicht hatten, was beide sehr lautstark kundgetan hatten, wandten Chloe und ich uns von der Wand ab. Eine andere Hure, Betty, streckte ihren Kopf in das leere Zimmer, in dem wir spioniert hatten. „Mary, dein Mann ist hier", flüsterte sie.

„Mr. Benson?" Mein Herz setzte bei der Vorstellung, dass er mich hier gesehen haben könnte, einen Schlag aus. Höchstunwahrscheinlich, aber dennoch furchteinflößend. „Er ist hier?"

Bei der Vorstellung, meinem Zukünftigen beim Ficken mit einer anderen Frau zuzusehen, wurde mir schlecht.

Betty nickte, aber sie wirkte nicht begeistert. „Ja und er nimmt eine Peitsche mit zu Tess."

Chloe und ich blickten einander an und eilten Betty hinterher. Panik durchflutete mich bei dem Gedanken, was ich wohl durch ein anderes Guckloch sehen würde. Denn in dem Moment wurde mir bewusst, dass ich, wenn ich Mr. Benson heiratete, niemals das Vergnügen, das Nora empfunden hatte, verspüren würde.

1

ARY

DAS ÜBERRASCHENDE ZISCHEN des Dampfes brachte mich zum Stolpern, als ich aus dem Zug trat.

„Vorsicht, Miss Millard", sagte Mr. Corbin und ergriff sanft meinen Ellbogen, bis ich mich wieder auf festem Grund befand. Sogar in der Hitze konnte ich die Wärme seiner Berührung durch meinen Ärmel spüren.

Der Bahnsteig in Butte war belebt, da viele Leute nach einer langen Reise aus dem Osten ausstiegen. Butte war eine der reichsten Städte der Erde und zukünftige Bergarbeiter waren begierig, ihre eigene Kupferader zu finden und reich zu werden.

Ich war nicht ganz so begierig, hier zu sein, da ich nur aus Billings, nicht aus Minneapolis oder sogar Chicago hierhergekommen war und mein gesamtes Leben in Butte verbracht hatte. Ich war sehr vertraut mit der Stadt und hegte keine Hoffnungen wie die anderen. Natürlich musste ich nicht für mein Geld arbeiten. Nicht weil ich eine Frau war, sondern weil mein Vater mehr Geld als Gott hatte. Seine Worte, nicht meine.

Also war die Reise durch das Montana Territorium nur kurz gewesen und ich war nicht bereit, zu meinem Vater und seinen Plänen zurückzukehren. Auch wenn es nicht im Geringsten aufregend gewesen war, einen Monat mit meiner Großmutter zu verbringen, so hatte es zumindest das, was ich für unvermeidbar hielt, hinausgezögert. Ich wollte geradewegs umdrehen und mich wieder in das Zugabteil setzen, beobachten, wie ich an Butte vorbeirollte und in unbekannte Gebiete weiterfahren.

Mr. Corbins Hand hielt mich für einige Sekunden länger fest, als es vielleicht nötig gewesen wäre. Ich drehte mich, um zu dem Mann hoch zu sehen – einem der zwei Männer – der während der Reise freundlich und aufmerksam mir gegenüber gewesen war. Wir hatten uns stundenlang gut miteinander unterhalten und sie – er und sein Freund, Mr. Sullivan – hatten mich zum Mittagessen im Speisewagen begleitet, damit ich nicht allein sitzen musste. Es war keine Bürde, Zeit mit den zwei gutaussehenden Männern zu verbringen.

Mit seinen blonden Haaren und offenem Lächeln verdrehte Mr. Corbin zweifellos viele Frauenköpfe, wo auch immer er hinging. Meinen hatte er definitiv verdreht. Genauso wie sein Freund Mr. Sullivan. Ich hatte viele Stunden damit zugebracht, still mit mir selbst zu diskutieren, zu wem der beiden ich mich mehr hingezogen fühlte. Zog ich einen blonden oder dunkelhaarigen Mann vor? Entspannt oder ernst? Alle beide hatten sich wie perfekte Gentlemen verhalten. Leider.

Selbst jetzt, als Mr. Corbins Hand auf dem Bahngleis auf meinem Ellbogen lag, wahrte er einen sittsamen Abstand zwischen uns und verhielt sich sehr fürsorglich. Niemand würde seine Ritterlichkeit in Frage stellen. Ritterlichkeit war gut und alles, aber ich sehnte mich nach den...intimeren Aufmerksamkeiten, die ein Mann seiner Frau schenkte. Ich wollte diese Verbindung, das Band, das ich zwischen meinen Freundinnen und ihren Ehemännern sah. Die geheimen Blicke, die sie austauschten, eine sanfte Berührung, sogar Händchenhalten. Außerdem wollte ich mit wilder Hemmungslosigkeit genommen werden. Gefickt werden, wie es meine Freundin Chloe nannte.

Aber diese Männer betrachteten mich als Dame und würden mich solch lüsternen Aktivitäten nicht aussetzen. Verflixt!

Leider war Mr. Corbins Hand auf meinem Ellbogen eine der einzigen Berührungen, die ich jemals von einem Mann erhalten hatte. Ich wollte mehr von ihm, stellte mir vor, wie sich seine Haut, ohne die Barriere meines Kleides, an meiner anfühlen würde.

„Dankeschön", murmelte ich und wünschte mir zugleich, er würde mit seiner Hand über meinen Rücken streicheln, die Nadeln aus meinen Haaren lösen und die Schnüre meines Korsetts aufbinden. Als Jungfrau würde – oder *sollte* – ich nicht wissen, was ein Mann tun konnte, wenn das Korsett erst einmal entfernt wurde, aber ich wusste es. Nicht im praktischen Sinne, aber ich hatte genug von dem, was zwischen einem Mann und einer Frau vor sich ging, gesehen, um es auch haben zu wollen. Chloe hatte mein Interesse an allem, das mit Männern zu tun hatte, geweckt und anscheinend war ich jetzt vollständig verdorben. Meine Gedanken waren vielleicht befleckt, aber ich besaß immer noch meine Tugend.

Wenn mein Vater von meinen Besuchen zum 'Briar Rose' und von Chloe, sowie von dem, was sie mir gezeigt hatte, wüsste, würde er mich nie wieder aus dem Haus lassen. Ich würde wahrscheinlich in das Kloster am Stadtrand geschickt werden zu den Damen der Unbefleckten Empfängnis, bis er einen Nutzen aus mir ziehen konnte.

Ich hatte ebenfalls herausgefunden, dass meine behütete Existenz mit verdrehten und vorurteilsbehafteten Ansichten über Mädchen wie Chloe einherging. Die Damen der Frauenhilfe hatten behauptet, dass Huren arm wären, obwohl diese auf ihrem Rücken ziemlich gut verdienten und die gebrauchte Kleidung, die ich vorbeigebracht hatte, gar nicht brauchten. Ich hatte auch herausgefunden, dass die Männer, die mir mein Vater als mögliche Ehemänner vorgestellt hatte, keine richtigen Gentlemen waren. Ich hatte überraschenderweise mehrere von ihnen durch die kleinen Gucklöcher des Etablissements beobachtet. Was ich gesehen hatte, würde die Damen der Frauenhilfe in Ohnmacht fallen lassen. Alles, was es bei mir bewirkte, war, dass ich regelmäßig feucht zwischen meinen Schenkeln war und mich nach der Aufmerksamkeit eines Mannes sehnte.

Aufgrund meiner Spioniererei hatte ich den wahren Reginald Benson gesehen, den Mann, der mit meinem Vater den Bahnsteig in meine Richtung entlanglief und er war *kein* Mann, von dem ich umworben werden wollte. Jetzt da ich wusste, was er mit Tess getan hatte, wollte ich nicht einmal auf demselben Bahnsteig stehen wie er. Ich erschauderte bei der Erinnerung an die Schreie der Hure, als sie ausgepeitscht worden war. Glücklicherweise war ihr, wie mir Chloe erzählt hatte, Big Sam zu Rettung gekommen und sie würde sich wieder erholen. Mr. Benson war vom 'Briar Rose' verbannt worden, aber das bedeutete nicht, dass er seine Handlungsweisen ändern würde. Er würde einfach jemand anderen finden, dem er Schmerzen zufügen konnte. Und wenn ich mit ihm verheiratet wäre...

Und dennoch stand mein Vater dem Mann wohlgesinnt gegenüber, da sie gemeinsam auf mich zu liefen. Mein Vater wusste entweder nichts von den grausamen Neigungen dieses Mannes oder es war ihm egal.

„Oh Gott", murmelte ich. Mein Vater wollte eine Verbindung zwischen mir und Mr. Benson. Sie würden mich aus keinem anderen Grund selbst – und gemeinsam – vom Bahnhof abholen. Galle kroch mir die Kehle hoch, als mir dämmerte, dass ich das Bindeglied zwischen den zwei größten Minen der Stadt werden sollte, von denen jede einem der beiden gehörte.

Ich würde nicht ins Kloster gehen. Ich würde mit Mr. Benson verheiratet werden und das bald.

Ich konnte das nicht zulassen. Ich könnte einen Peitschenhieb nicht überleben oder irgendetwas der anderen schrecklichen Dinge, die Mr. Benson tun würde. Es würde keine Hilfe, keine Rettung für mich geben. Keinen Big Sam. Als Ehefrau konnte ich geschlagen – oder noch schlimmeres – werden, ohne dass man es ihm vorwerfen würde. Ich wäre sein Eigentum. Ich wimmerte bei dieser Vorstellung und packte Mr. Corbins Arm.

Ja, es war eine ungestüme, dennoch verzweifelte Geste. Aber sie würden mich in einer Minute gefunden und weggebracht haben.

Ich sah panisch zu dem Mann hoch. „Ich...ich brauche Ihre Hilfe."

Mr. Corbins Augen wurden schmal, als er auf meinen Griff um seinen Arm blickte, bevor er unsere Umgebung nach versteckten Gefahren absuchte. Er zog mich hinter sich, schirmte mich ab.

„Was ist los, Liebes?", fragte er und seine hellen Augen

blickten endlich in meine. Ich schluckte, da er einfach viel zu gut aussah und ziemlich besorgt. Mir entging weder sein Wunsch, mich zu beschützen, noch der viel zu vertraute Kosename.

„Mein Vater ist mit einem Mann hier, dem ich meine... Aufmerksamkeit nicht schenken möchte."

Er blickte den Bahnsteig entlang. Obwohl viel Trubel herrschte, wusste ich, dass er das Duo, das nach mir suchte, entdeckt hatte. Ich war ausnahmsweise einmal froh, dass Butte so ein geschäftiger Ort war.

„Hat einer die Größe eines bauchigen Ofens, der andere nach hinten geglättete Haare und einen Schnurrbart?", fragte er.

Ich nickte und hielt mein Gesicht von ihnen abgewandt, während ich bei der Beschreibung von Mr. Benson erschauderte. Mr. Corbin drehte uns so, dass mich sein Körper vor den Blicken der sich nähernden Männer verbarg, wodurch er mir ein paar Minuten Galgenfrist verschaffte. Er war so groß, dass ich hinter seinen breiten Schultern und Brust gut versteckt war. Ich reichte kaum bis zu seinen Schultern. Ich fühlte mich beschützt und seltsam sicher.

„Ja. Es gibt so viel zu erzählen und keine Zeit, aber mein Vater wird mich mit ihm verheiraten, demjenigen mit dem Bart."

„Sie wollen das nicht." Seine Stimme war leise und tief, klar und ruhig, anders als meine eigene. Meine Handflächen waren feucht und mein Herz schlug wie wild in meiner Brust.

Ich erschauderte bei der Vorstellung, Mr. Bensons Frau zu werden. „Ich könnte...könnte seine Berührung nicht ertragen."

Mr. Corbin wurde irgendwie größer, wachsamer. „Wenn er etwas Unanständiges getan hat, werde ich ihn töten."

Seine harten, scharfen Worte verzogen meinen Mund zu einem schmalen Lächeln, aber ich machte mir Sorgen, dass er es ernst meinte. Allerdings fürchtete ich mich nicht, weil er angeboten hatte, jemanden für mich zu ermorden. Stattdessen empfand ich es als beschützend und beruhigend.

Mit einem kurzen Blick an Mr. Corbins Schulter vorbei sah ich, dass sie näherkamen. „Gebt vor, mein Zukünftiger zu sein", bat ich hastig. Die Idee war grotesk, aber das Erste, das mir in den Sinn kam. Es könnte funktionieren. Mr. Corbin hatte das richtige Alter, er war nicht verheiratet – zumindest hatte er während unserer Zugfahrt keine Ehefrau erwähnt – und er hatte einen angemessenen Rang in der Gesellschaft, um es vor meinem Vater und Mr. Benson glaubwürdig erscheinen zu lassen.

Jetzt lächelte er. „Wenn mir jemand einen Antrag macht, sollte er wenigstens auf ein Knie gehen."

Ich schürzte meine Lippen, da mir in einer Zeit wie dieser nicht der Sinn nach seinem Humor stand. „Mein Vater verheiratet mich mit dem Mann, um seinen Minenbesitz zu vergrößern. Ich werde die dritte Frau des Mannes sein. Die erste starb bei der Geburt ihres Kindes und die zweite verschwand auf mysteriöse Art und Weise."

Jegliche Belustigung verschwand von Mr. Corbins Gesicht.

„Ihre Hilfe wird das, was die beiden als unvermeidlich betrachten, hinauszögern und mir Zeit zur Flucht geben."

„Flucht?", fragte er mit kalter Stimme.

„Ich habe es hinausgezögert, indem ich einen Monat bei meiner Großmutter in Billings verbracht habe, aber die Männer sind beide ungeduldig. Ansonsten würden sie nicht wegen mir zum Bahnhof kommen. Es entspricht nicht ihrem Charakter, sich um irgendjemanden, außer ihnen selbst, zu kümmern."

„Sie haben so große Angst vor ihm?", wollte er wissen. Seine Augen wanderten über mein Gesicht, als ob er nach dem Wahrheitsgehalt meiner Worte suchen würde.

Ich sah zu den Hemdknöpfen des Mannes, damit ich ihm nicht in die Augen blicken musste, während ich entgegnete: „Angst vor ihm?" Ich nickte. „Absolut. Ich habe ihn auch mit Huren beobachtet und ich weiß, dass wir nicht...gut zusammenpassen. Wonach es ihm verlangt und wonach ich mich sehne, geht in entgegengesetzte Richtungen."

Es gab keine Zeit, um Mr. Bensons Grausamkeit noch weiter auszuführen.

Mr. Corbins helle Augenbraue schoss in die Höhe. „Ich würde sehr gerne hören, wonach Sie sich sehnen, aber zu einer anderen Zeit." Er sah hinter sich. „Wenn Ihr Vater so erpicht darauf ist, Sie mit diesem Mann zu verheiraten, wird ihn ein Verlobter nicht davon abbringen. Mir ist Ihr Name bekannt und Ihr Vater ist ein mächtiger Mann in dieser Gegend."

Meine Schultern sackten zusammen und mir traten Tränen in die Augen. Er würde mir nicht helfen. Niemand würde sich gegen Mr. Gregory Millard stellen. Sobald mich mein Vater fand, war ich zu einer Ehe mit einem schrecklichen Mann verdammt. Allein die Vorstellung eines nackten Mr. Bensons auf mir, der mich berührte, mich fickte, mir *wehtat*, ließ mich erschaudern.

„Was ist das Problem?" Mr. Sullivan stieg aus dem Zug und stellte sich neben uns. Er war Mr. Corbins Reisegefährte und hatte sich uns bei den Gesprächen und dem Mittagessen angeschlossen. Seine Stimme war tief und ruhig, seine Schultern breit und muskulös. Er war eine Spur größer als Mr. Corbin und viel einschüchternder.

Seite an Seite schützten mich ihre großen Körper vor der Sonne und hoffentlich auch vor meinem Vater.

Ich wusste von ihren Erzählungen, dass sie in Miles City losgefahren waren und ebenfalls in Butte ausstiegen, um dann zu Pferd weiter nach Bridgewater zu reiten. Ich hatte von der Gemeinschaft gehört, die einige Stunden zu Pferd von der Stadt entfernt lag, aber hatte zuvor noch nie jemanden von dort kennengelernt. Sie waren angenehme und gute Gesprächspartner gewesen.

Ich sah zu Mr. Sullivan hoch, der dunkle Haare und ein kühles Auftreten hatte. Er stellte zwei Ledertaschen auf den Boden zu seinen Füßen. Wohingegen Mr. Corbin heiter und freundlich war, lächelte Mr. Sullivan selten. Es war schwer, seine Gedanken zu lesen, zu erkennen, ob er meine Anwesenheit im Speisewagen lästig fand oder nicht. Er hatte einfach nur gestarrt, dann hatte er noch etwas mehr gestarrt. Das war ziemlich Nervenaufreibend, um es noch freundlich auszudrücken, als ob der Mann jedes dunkle Geheimnis erkennen könnte, das ich hatte. Im Speisewagen hatte Mr. Corbin seinem Freund auf den Rücken geklopft und mir versichert, er verhielte sich gegenüber jedem so schweigsam.

„Miss Millard möchte nicht von dem Mann, der sich mit ihrem Vater nähert, umworben werden. Sie bittet mich, ihr zu helfen, indem ich ihren Zukünftigen spiele, aber das wird nicht funktionieren."

Mr. Sullivan suchte die Menge ab und auch wenn ich sie nicht sehen konnte, erkannte ich den Moment, in dem er sie entdeckte. „Benson. Scheiße, Frau, du wirst mit Reggie Benson verheiratet?"

Mein Mund klappte überrascht auf und nicht wegen des

Schimpfwortes. Denn auch wenn sie keine armen Männer waren, die auf der Suche nach einem Job waren, um überleben zu können, so waren sie auch nicht in die eleganteste Mode gekleidet wie die wirklich Reichen. Sie wirkten nicht wie die Art Personen, die Umgang mit Mr. Benson hatten, aber es war natürlich möglich, dass ich mich irrte. Wer waren diese Männer und war ich wirklich so verrückt, sie um ihre Hilfe zu bitten?"

Ich räusperte mich und blickte in Mr. Sullivans dunkle Augen. „Ja, mein Vater ist sehr erpicht darauf, sein Minenimperium auszudehnen. Da Mr. Benson die 'Beauty Belle' Mine besitzt, bin ich mir bezüglich seiner Absichten ziemlich sicher."

Mr. Sullivan nickte entschieden. „Dann sollten wir ihn einfach töten."

Bevor ich auch nur eine Antwort zu der...gewaltsamen Art und Weise stottern konnte, mit der sie mein Problem lösen wollten, sprach Mr. Corbin: „Das habe ich bereits angeboten."

Mr. Sullivan grunzte. „Parker hat recht, Miss Millard. Eine Verlobung wird Benson nicht aufhalten."

So viel zu meiner Idee. Ich sah niedergeschlagen zu Boden. Ich hegte keinerlei Zweifel daran, dass ich innerhalb eines Monats Mrs. Benson sein würde. Ich räusperte mich und klebte mir das beste unechte Lächeln ins Gesicht, das ich aufbringen konnte. Ich war nicht so gut darin, Freude vorzutäuschen. „Ja, ich verstehe. Es war eine dumme Idee. Vielen Dank Ihnen beiden, dass Sie mir geholfen haben, die Zeit im Zug zu vertreiben, Gentlemen, ich muss – "

Mr. Sullivan unterbrach mich. „Eine Verlobung wird den Mann nicht aufhalten", wiederholte er. „Aber eine Ehe wird es. Nicht mit Parker. Auf dem Papier, vor dem Gesetz sollten Sie mit mir verheiratet sein."

„Wie bitte?"

„Wenn er so ist, wie Sie sagen, dann kann ich nicht mit gutem Gewissen zusehen, wie Sie ihn heiraten."

Mein Blick huschte zu Mr. Corbin, der zustimmend nickte.

Mein Schock zeigte sich in meiner Stimme. „Ja, aber indem Sie mich stattdessen heiraten?"

Mr. Sullivan legte seine Fingerspitzen auf meine Lippen und meine Augen weiteten sich bei dieser dreisten Berührung.

Da grinste er strahlend und verschmitzt. „Ja, genau. Ich warne Sie aber vor, ich bin nicht wie Benson. Ich werde Forderungen an Sie stellen, aber ich würde Ihnen niemals schaden. Heiraten Sie mich und ich werde Sie mit meinem Leben beschützen."

Wenn seine Finger nicht gegen meine Lippen gedrückt hätten, wäre mein Mund vor Überraschung über die Vehemenz seiner Worte aufgeklappt.

2

ARKER

In dem Moment, in dem Miss Millard den Wagon in Billings betrat, wusste ich, dass sie die Eine war. Während der Schaffner ihr mit einer kleinen Tasche folgte, stolperte sie den Gang hinab, als der Zug an Geschwindigkeit aufnahm. Hin und her schwankend nutzte sie ihre Hände, um sich an den Sitzlehnen festzuhalten und das Gleichgewicht zu wahren. Ich stand sofort auf, wodurch ich Sullys Augen von dem Buch in seinem Schoß zu der Frau lenkte, die wir heiraten würden.

Ihr Kleid hatte einen edlen Schnitt, bestand aus hellgrüner Seide, die hell schimmerte und zwischen meinen Fingern so weich wie die Haut an ihrem langen Hals sein würde. Ich musste keine Frau sein, um die neueste Mode oder den Wert des Stoffes zu kennen. Ihr kleiner Hut, der schief auf ihrem blonden Lockenkopf saß, passte perfekt dazu. Das Kleid war sehr sittsam geschnitten, von den langen Ärmeln bis zu dem hohen Kragen, aber es verbarg ihre reizenden Kurven nicht.

Für jemanden so kleinen – sie reichte nur bis zu meiner Schulter – hatte sie volle Brüste und breite Hüften. Sie war drall und fast schon füllig, aber so gefielen mir Frauen. Wenn sie meinen Schwanz ritt – und das würde sie – wäre ich in der Lage, ihre runden Hüften gut zu packen. Wenn ich ihren Arsch versohlte – aufgrund ihres sanften Wesens würde das eher zum Vergnügen als zur Bestrafung durchgeführt werden – würde er unter meiner Hand wackeln und einen perfekten Rosaton annehmen. Ihre Brüste wären eine köstliche Handvoll und ich konnte mir nur ausmalen, wie ihre Augen vor Leidenschaft glasig werden würden, wenn ich an ihren harten Nippeln zog.

Ich trat nach vorne, nahm dem Schaffner die Tasche ab und zog dann eine Münze für ihn aus meiner Hosentasche. Mit einem knappen Nicken machte er auf der Hacke kehrt und verließ den Wagen. Nachdem ich ihre Tasche unter den Sitz gestellt hatte, bedeutete ich ihr, uns gegenüber Platz zu nehmen. Obwohl der Wagon nicht voll war und sie sich ihren eigenen Platz hätte suchen können, nahm ich ihr diese Option. Ihre guten Manieren schrieben ihr vor, meine Einladung zu akzeptieren. Sully erhob sich respektvoll auf die Füße, wobei er seinen Kopf einzog, da er so groß war und er bedeutete ihr, sich zu uns zu gesellen. Während sie sich niederließ und ihre langen Röcke richtete, warf ich einen Blick zu Sully. Ein leichtes Nicken war alles, was ich zur Bestätigung, dass wir einer Meinung waren, brauchte.

Innerhalb einer Minute hatte sich unser Leben verändert. Unwiderruflich. Diese blonde Schönheit würde die Unsere werden. Daher hatten wir von Billings bis Butte mit ihr geredet. Nun, ich hatte mit ihr geredet. Sully war kein Mann vieler Worte und verbrachte die Zeit damit, sie aufmerksam zu beobachten. Ich bemerkte, wie sich ihre Lippe leicht bog, wenn sie lächelte, jede Sommersprosse auf ihrer Nase, den zierlichen Wirbel ihrer Ohren. Wir sprachen über alles Mögliche, angefangen von ihrem ruhigen Besuch bei ihrer Großmutter während des vergangenen Monats, bis hin zu Büchern und der Politik im Montana Territorium. Sie war bewandert, eindeutig gut erzogen. Mein Schwanz wollte sie wegen ihres Körpers, aber ich war froh, dass in diesem wundervollen Paket auch ein scharfer Verstand und ein sanftes Wesen steckte.

Es war leicht, darüber zu fantasieren, wie es mit ihr sein würde, während ich ihrer sanften Stimme lauschte und mir vorstellte, wie sie sich wohl anhören würde, wenn sie meinen Namen schrie, während ich sie befriedigte, wie sie Sully anflehen würde, sie zu nehmen. Härter. Tiefer. Schneller.

Glücklicherweise war in der Ferne plötzlich eine Herde Hirsche zu sehen. Während sie diese beobachtete, verlagerte ich meinen Schwanz, der kurz davor stand in dem engen Gefängnis meiner Hose zu explodieren. Sully grinste nur.

Als wir in Butte eingefahren waren und ich ihr aus dem Zug geholfen hatte, hatte ich mich gefreut, dass sie sich an mich gewandt hatte. Zu dem Zeitpunkt hatte ich nicht gewusst, warum sie panisch geworden war, aber ich hatte sie bereits als die Meine betrachtet und würde all ihre Probleme lösen. Sully ebenfalls. Als ich herausfand, wer sie war, dass sie eine Kupfererbin mit einem gefühllosen Vater war, der sie für eine Geschäftsvereinbarung benutzen wollte, hatten meine Beschützerinstinkte die Kontrolle übernommen. Als ich herausfand, dass sie dieses Arschloch, Benson, heiraten sollte, war ich froh, dass sich Sully zu uns gesellt hatte.

Benson war rücksichtslos. Ein kaltschnäuziger Geschäftsmann, für den Geld wichtiger war als Männer. Seine Mine war nicht sicher. Zusammenbrüche ereigneten sich mit einer gefährlichen Regelmäßigkeit. Er wusste, dass ein toter Mann problemlos mit zwei anderen Verzweifelten ersetzt werden konnte. Kupfer wurde mit einer Geschwindigkeit abgebaut, die ihn reicher machte als die Eisenbahnbesitzer. Nachdem ich Miss Millards Vater aufmerksam gemustert hatte, schätzte ich, dass er vielleicht sogar noch reicher war.

Männer mit geizigen Geschäftspraktiken benutzten Menschen wie Schachfiguren, sogar unschuldige Töchter, um durch eine Ehe ein Bündnis zu schließen. Miss Millard hatte im Zug gelacht und sich für unser geistreiches Gespräch erwärmt, weshalb ich wusste, dass sie eine schreckhafte und verängstigte, unterwürfige Frau werden würde, wenn sie Benson heiratete. Es würde keinen Humor, keine Fürsorge, keine Liebe geben. Es würde Sex geben, mit Sicherheit, aber sie würde ihn nicht genießen, würde keine Lust empfinden. Benson hatte bereits zwei Ehefrauen und sämtliche Huren in Butte verschlissen. Er war berüchtigt für seine Grausamkeit – so berüchtigt, dass sogar die unschuldige Miss Millard davon wusste – und nur eine äußerst abgestumpfte und dunkel veranlagte Hure konnte seine Bedürfnisse genießen.

Miss Millard war eine leidenschaftliche Frau, daran hegte ich keinen Zweifel. Es würde unser Vergnügen sein, ihre Lust zu entfachen. Zu entdecken, was ihr gefiel, was sie meinen Namen keuchen ließ, was Sullys Namen schreien, während wir sie nahmen. Aber nur ein Ring an ihrem Finger und ihr verzweifelter Wunsch nach Schutz vor Benson garantierten das. Auch wenn sie nur eine zeitlich befristete Vereinbarung erwartete, konnte sie in ihrer Panik nicht sehen, dass *zeitlich befristet* nicht funktionieren würde. Das Ende der Verlobung würde die Pläne ihres Vaters nur aufschieben. Eine *echte* Ehe war der einzige Weg, um das Unvermeidliche zu umgehen.

Sie würde eine echte Ehe bekommen. Sully konnte ihr als ihr Ehemann mehr Schutz bieten als ich. Es war eine schnelle und kluge Entscheidung, die legalen Aspekte unserer Verbindung auf ihn laufen zu lassen. Als ihr Ehemann würde er sie vor Menschen wie Benson und ihrem Vater allein durch seinen Namen beschützen können. Bei seinem Hintergrund, seinem Bekanntheitsgrad würde es niemand wagen, ihn aufzuhalten.

Er hatte sie gewarnt, dass er nicht wie Benson war, dass er Forderungen an sie stellen würde und sie würde mit der Zeit erfahren, welcher Art diese Forderungen waren. Sie beinhalteten, zwei dominanten Männern zu erlauben, sie im Schlafzimmer zu kontrollieren und an einigen Orten außerhalb. Ja, Benson wäre ebenfalls ein kontrollierender Ehemann gewesen, aber er wäre nicht liebevoll gewesen. Von diesem Moment an war Miss Millard das Zentrum unserer Welt und sie war genau da, wo sie sein sollte – zwischen uns.

Als Sully seine Finger von ihrem Mund nahm, beugte er sich nach vorne und sagte: „Lächle, Liebes. Du bist nicht länger allein."

Das war korrekt. Sie würde nicht mehr allein sein. Würde ihrem Vater nicht allein die Stirn bieten müssen, würde sich nicht mit solchen wie Benson abgeben müssen. Sie konnten sie nicht berühren. Weder körperlich noch emotional.

Mit zwei Ehemänner verheiratet zu sein, entsprach nicht der gesellschaftlichen Norm, vor allem nicht in Butte. Auf der Ranch in Bridgewater war das allerdings nicht der Fall.

Jeder heiratete auf diese Weise: zwei – oder mehr – Männer für jede Frau.

„Ich kenne nicht einmal Ihren Vornamen", murmelte sie und warf Sully einen kurzen, nervösen Blick zu, bevor sie sich den näherkommenden Männern zuwandte. Ich beobachtete, wie ihre Hände an ihrem Kleid zupften, dass sie auf ihre Lippe biss und ihre Augen vor Angst groß waren.

„Mein Name ist Sully." Er fuhr mit einer Hand über ihren Arm. „Mach dir keine Sorgen, Schatz. Wir werden uns um dich kümmern. Immer."

Tief Luft holend – was ihre Brüste unter ihrem Kleid anschwellen ließ – drückte sie ihre Schultern nach hinten und reckte ihr Kinn keck nach vorne, als wäre sie eine Königin. Ich konnte ihre Nervosität und Angst spüren, aber sie verbarg sie gut. Ich fragte mich nur, *warum* sie diese Fähigkeit zur Perfektion hatte bringen müssen.

Ihr Vater und Benson näherten sich, ihre glänzenden Schuhe hallten laut auf den Backsteinen. Ich erkannte den Moment, in dem sie Miss Millard sahen – Scheiße, wir kannten *ihren* Vornamen nicht – aber ich sah sogar noch deutlicher, wie sie Sullys besitzergreifenden Griff um ihre Gestalt wahrnahmen.

Obwohl ihr Vater kurz und rund war, passte ihm sein maßgeschneiderter Anzug perfekt. Seine grauen Haare waren licht und die glänzende Haut seines Schädels war rot und fleckig von der Sonne. Ein schwabbliges Doppelkinn verdeckte seinen Hals. Nach seinem unglaublichen Gewicht zu urteilen war er kein Mann, der sich selbst etwas entsagte. Das bedeutete, er würde nicht glücklich sein, wenn er erfuhr, dass Benson seine Tochter nicht heiraten würde.

Benson war das Gegenteil von Millard. Er war groß und dünn, hatte das hagere Aussehen eines Mannes, der keinen

Finger krümmen musste. Sein Wort, sein Befehl führte zu sofortigen Ergebnissen. Er war ebenfalls makellos in einem ordentlichen Anzug gekleidet, der so schwarz war wie sein Haar und Schnurrbart. Er wirkte, als würde er trauern.

„Mary", begrüßte Mr. Millard seine Tochter.

Mary. In dem Ton, mit dem er dieses eine Wort aussprach, schwangen so viele Bedeutungen mit. Keine davon zeugte von Freude, seine Tochter nach einem Monat Abwesenheit zu sehen. Er zog sie in keine Umarmung. Er legte seine Hand nicht in einer einfachen, liebevollen Geste auf ihre Schulter. Er lächelte nicht einmal. Mary schob sich einen kleinen Schritt näher zu mir.

„Hallo, Vater. Mr. Benson." Sie neigte ihren Kopf zur Begrüßung. „Es war sehr umsichtig von euch, mich hier am Bahnhof abzuholen, aber unnötig."

„Ich gehe davon aus, dass der Besuch bei deiner Großmutter erfreulich war."

Nach Marys – mir gefiel das viel besser, als sie Miss Millard zu nennen – Erzählung über den Besuch zu schließen, war die Frau definitiv die Mutter dieses Mannes. Es hatte sich angehört, als wäre sie eine schreckliche alte Schachtel.

„Ja, ziemlich."

Sie konnte ihren Vater belügen, aber wenn wir erst einmal verheiratet waren, würde ich sie übers Knie legen, wenn sie die Wahrheit über ihre Gefühle vor uns verbarg.

Millard warf einen Blick zu Sully, dann ignorierte er ihn einfach. Ich versuchte, ein Lächeln zu verbergen, da der Mann keine Ahnung hatte, wer Sully war, wen er gerade für nichtig erklärt hatte.

„Dann sollten wir jetzt gehen. Mr. Benson freut sich darauf, mit uns zu Abend zu essen und wird dich danach nach Hause begleiten."

Mr. Benson betrachtete Mary abwesend, fast schon klinisch, nicht wie ein Verlobter, der sich nach einem Monat der Trennung auf ihre Rückkehr freute.

Mary schüttelte ihren Kopf, aber Sully sprach für sie: „Das wird nicht geschehen, Mr. Millard."

Beide Männer ließen sich doch noch dazu herab, ihm etwas Aufmerksamkeit zu schenken. „Und wer sind Sie, dass Sie über Marys Handlungen bestimmen? Und meine Autorität über sie in Frage stellen?"

Er zuckte leicht mit den Schultern und ich sah, dass er seine Wut über diesen hochmütigen Mann zügelte. „Ich bin ihr Ehemann. Also glaube ich, dass sie nun meiner Autorität folgt."

Mary spannte sich bei diesen Worten an, aber ich wusste, dass Millard so über seine Tochter dachte, sie als einen Knecht ansah, der seinen Befehlen ohne zu zögern Folge leisten musste.

Millards Haut nahm eine Billion Rottöne an und ich machte mir Sorgen, er würde auf dem Bahnsteig einen Schlaganfall erleiden. Benson war nicht ganz so...innerlich mit seinen Emotionen.

Wenn Sully ihnen seinen Namen genannt hätte, hätten sie eine völlig andere Reaktion gezeigt. Das hatte er jedoch nicht und so zeigten sie, wie sie über diese Wendung der Ereignisse dachten.

„Ich weiß nicht, wer Sie denken, dass Sie sind, aber Mary Millard ist meine Verlobte." Bensons Stimme war auf dem dicht bevölkerten Bahnsteig laut zu hören und Passanten drehten sich zu ihm um.

„War, Benson. Sie *war* Ihre Verlobte. Sie ist mit mir *verheiratet*. Wenn Sie uns bitte entschuldigen würden."

Sully machte einen Schritt auf den Bahnhofseingang zu, wobei er Mary nah bei sich hielt, aber der Mann hielt seine

Hand hoch. Ich hatte auch nicht erwartet, dass es so reibungslos verlaufen würde.

„Ich will einen Beweis", verlangte Benson.

Ich schaute zu Mary, sah die Angst in ihren Augen. Machte sie sich Sorgen, dass Sully seine Meinung ändern und sie den zweien übergeben würde? Das würde niemals geschehen. Um zu ihr zu gelangen, müsste Benson zuerst mich töten, dann Sully, denn er würde ebenfalls nicht zulassen, dass ihr ein Leid geschah.

Marys Schläfe küssend murmelte Sully: „Sag es ihnen, Schatz."

Von meiner Position hinter ihnen drang ihr Duft nach Blumen und hellem Sonnenschein in meine Nase. Ich konnte mir nur vorstellen, wie seidig weich sich ihre Haare an Sullys Lippen anfühlen mussten. Ich wollte diese Männer möglichst schnell loswerden und mit ihr und Sully allein sein. Es juckte mich in den Fingern, sie ebenfalls in meinen Armen zu halten.

„Ich...ich bin verheiratet. Er ist mein Ehemann." Ihr Kinn neigte sich noch eine Spur höher.

Benson warf Mary einen kurzen Blick zu, dann ignorierte er sie. „Das ist nicht der Beweis, nach dem ich suche."

„Suchen Sie nach dem Blut auf dem Bettlaken? Ich verspreche Ihnen, sie ist wirklich und wahrhaftig die Meine", verkündete Sully frech.

In einem überraschenden Anfall von Mut, nach der Diskussion des Blutbeweises ihre Jungfräulichkeit, sprach Mary: „Er hat mich gefickt. Ist es das, was Sie wissen wollen? Das erste Mal ließ er mich oben sein. Das zweite Mal konnte er sich nicht zurückhalten und nahm mich von hinten."

Sowohl Benson als auch ihr Vater waren von ihren

Worten so verblüfft wie ich, denn sie blinzelten sie nur an. Wo zur Hölle hatte sie gelernt, so zu reden?

„Geschmacklos", brummelte Benson, als ob sie jetzt abstoßend wäre.

Ich dachte, sie war jetzt noch faszinierender als zuvor. Sie wusste über Ficken Bescheid, aber ihr Verhalten deutete auf Unschuld hin. Was war sie, Dirne oder Jungfrau? Ich wollte diese Mistkerle loswerden, damit Sully und ich das herausfinden konnten.

„Ich will die Heiratsurkunde", befahl Benson.

Sully zuckte nachlässig mit den Schultern. Er hatte die Macht – ohne auch nur seinen berüchtigten Namen zu benutzen – und wollte ihnen zeigen, dass sie ihm keine Angst einjagten. Sie machten auch mir keine Angst, nicht im Geringsten, aber ich wollte nicht, dass sie Mary noch mehr verängstigten. Wenn es ausreichen würde, für sie zu lügen, würde das Sully zu keinem geringeren Gentleman machen.

„Es gibt keine", erklärte Sully dem Bastard. „Sie können das Kirchenregister in Billings überprüfen. Die Presbyterianer Kirche an der Ecke Main und Vierte." Höchstwahrscheinlich um den Mann noch mehr zu reizen, sagte Sully: „Mein Schwanz braucht Erleichterung. Sie halten mich davon ab, meine Frau zu ficken."

Sully senkte seine Hand zu ihrer Taille und tiefer als es anständig war, sodass sein kleiner Finger über die hübsche Kurve ihres Hinterns strich. Das blieb nicht unbemerkt.

Der Bahnhofsvorsteher blies in seine Pfeife und der Zug begann zu zischen und zu dampfen. Der Lärm der Wagons, die sich einer nach dem anderen in Bewegung setzten, war zu laut, um ihn mit Worten übertönen zu können. Auch wenn weder Benson noch Millard Muskeln – oder Waffen – hatten, hatten sie doch Geld und konnten beides anwerben.

Sullys Leben hing jetzt am seidenen Faden. Er wusste es. Ich konnte es in ihren finsteren Blicken sehen. Sie mussten nichts sagen, um das anzudeuten. Noch bevor der Zug vollständig verschwunden war, drehten sie sich um und gingen. Obwohl ich mir wünschte, dass wir sie zum letzten Mal gesehen hatten, wusste ich auch, dass dies nicht der Fall war.

Sully schob Mary vor uns, sodass wir sie beide anschauen konnten. „Geht es dir gut?"

Sie neigte ihren Kopf nach hinten und blickte zwischen uns zweien hin und her, dann nickte sie. Sie atmete tief ein, dann nochmal. „Ich weiß Ihre Hilfe wirklich zu schätzen, aber ich fürchte, ich habe Sie wahrscheinlich in Gefahr gebracht."

Ich lachte. „Sie können es versuchen, Schatz. Sie können es versuchen. Ich glaube allerdings, dass wir nicht in der Stadt bleiben sollten."

„Mmh, ja", stimmte Mary zu. „Ich bin mir sicher, dass wir innerhalb der nächsten Stunde von allen Hotels, Restaurants, sogar Gästehäusern ausgeschlossen werden. Die Reichweite meines Vaters ist groß."

Sie wirkte nicht mehr verängstigt oder wütend. Vielleicht niedergeschlagen.

Ich sah zu Sully. „Wir werden nach Bridgewater gehen, wo es sicher ist. Ich nehme an, du hast keinen Grund mehr, in Butte zu bleiben."

Sie schaute zu Sully und runzelte die Stirn. „Sie...Sie haben ihre Aufgabe erledigt. Die beiden Männer lassen mich jetzt in Ruhe und da sie glauben, dass wir...intim miteinander waren, wird mich Mr. Benson nicht mehr wollen."

Da lachte Sully. „Ich will dich immer noch, Jungfrau oder nicht. Benson ist nicht hinter deiner Pussy her, sondern deinem Erbe. Was mich betrifft, bei mir verhält es sich definitiv genau anders herum."

Ihr Mund klappte bei seinen verdorbenen Worten auf. Sie war definitiv noch Jungfrau. Ich würde fünfzig Dollar darauf verwetten.

„Wir werden dich auf keinen Fall allein hier in Butte zurücklassen", erklärte Sully. „Du wirst noch vor der Morgendämmerung mit Benson verheiratet, wenn er dich in die Finger bekommt. Und das passiert nur über unsere Leichen. Ich habe versprochen, dass ich dir helfen und dein Ehemann sein werde und das werde ich auch einhalten."

„Das stimmt, Schatz", fügte ich hinzu, streichelte sanft mit meiner Hand ihren Arm hoch und runter, bewegte sie so, dass sie zwischen uns stand, genau dort, wo sie hingehörte. „Du hast uns jetzt am Hals."

„Auf Bridgewater werden wir bereit sein, falls dein Vater oder Benson Männer schickt", ergänzte Sully.

„Oh Gott, er wird Sie töten, um mich zu bekommen." Die Farbe wich aus ihrem Gesicht.

Ich ergriff ihre Schultern und bückte mich, sodass wir uns auf Augenhöhe befanden. „Er wird es versuchen, aber er wird nicht erfolgreich damit sein. Zweifelst du etwa daran, dass Sully und ich für uns sorgen können, dass wir uns um dich kümmern können?"

Sie sah über ihre Schulter zu Sully, dann wieder zu mir. „Nein."

Daraufhin lächelte ich. „Braves Mädchen."

„Die Sonne geht unter und wir haben keine Vorräte", gab Sully zu bedenken.

„Die wir bestimmt nicht besorgen können. Genauso wenig wie Pferde", erwiderte ich. Wenn Benson und Millard ihren Willen bekamen, würden wir noch vor dem Morgen aus jedem Geschäft, Mietsstall oder sogar chinesischen

Wäscherei verbannt worden sein. Sie hatten ihre eigene Form der Macht.

„Wir brauchen einen Schlafplatz für heute Nacht. Einen sicheren Ort. Einen Ort, an dem sie nie nachschauen werden", erklärte ich und sah auf der Suche nach Ideen zu Sully.

Mary wirbelte auf ihren Fersen herum und begann zu laufen. Der Bahnsteig war jetzt, da der Zug weg war, so gut wie leer und wir schlossen mit unseren großen Schritten schnell zu ihr auf.

„Ich kenne genau den richtigen Ort", verkündete sie. „Gentlemen, was halten Sie von Huren?"

3

ULLY

„Schatz, du musst uns einige Dinge erklären", ich beugte mich nach unten und flüsterte in Marys Ohr.

Sie hatte uns durch die Stadt zur Hintertür des 'Briar Rose' Bordells geführt. Es war nicht genug Zeit vergangen, als dass uns Millard oder Benson ein paar Schläger hinterherschicken hätten können, um uns zu belästigen, weshalb unser Spaziergang ereignislos verlaufen war. Ich hasste Butte. Einfach jede Stadt was das anging. Es gab zu viele Leute, zu viele Möglichkeiten in Schwierigkeiten zu geraten. Ich gab mir allergrößte Mühe, Schwierigkeiten zu vermeiden, aber heute hatten sie uns in Form einer blonden Femme Fatale gefunden. Oh, sie war unschuldig, aber sie führte mich – und Parker – dennoch in Versuchung. Es stand außer Frage, dass sie die richtige Frau für uns war, trotz ihrer Probleme und allem.

Also übernahm ich Marys Probleme als meine eigenen, anstatt dem Konflikt oder der Wahrscheinlichkeit auf zusätzlichen Unfrieden in meinem Leben aus dem Weg zu gehen. Was ihr Kummer bereitete, bereitete auch mir Kummer. Wenn ihr etwas oder jemand schaden wollte, dann kümmerte ich mich darum. Sie konnte auf keinen Fall irgendetwas anderes als meine Ehefrau sein. Wegen meiner verdammten Vergangenheit war ich die sicherste Wahl für sie. Niemand würde sie belästigen, allein weil sie mit mir verheiratet war. Aber Mary schien mit einer Überraschung nach der anderen aufzuwarten. Welche jungfräuliche Dame wusste von der Küchentür eines Bordells? Welche unschuldige Frau wurde mit einer Vertrautheit willkommen geheißen, die verriet, dass sie dort schon zuvor zu Besuch gewesen war?

„Ein Bordell?", fragte Parker.

Auch wenn weder Parker noch ich zuvor in diesem Etablissement gewesen waren, glich es doch jedem anderen. In der Vergangenheit waren wir durch die Eingangstür getreten. Heute Abend gelangten wir allerdings von einer Gasse in eine überfüllte Küche. Der Koch rührte auf dem Herd in etwas, das schrecklich nach gekochtem Kohl roch. Zwei Huren saßen nur in ihren Korsetts und Unterröcken an dem großen Tisch und aßen. Ein anderes Mädchen betrat den Raum, sah Mary und floh.

Mary begrüßte eine der Huren und lehnte eine der Kohl gefüllten Schüsseln des Kochs ab. Was zur Hölle hatte Mary mit einem Bordell zu schaffen? So wie sie sich im Zug verhalten hatte und wegen ihrer Abscheu und offensichtlichen Angst vor Benson, hätte ich alles darauf verwettet, dass sie Jungfrau war. Aber welche Jungfrau pflegte in einem Bordell freundschaftliche Beziehungen?

Eine Frau in einem engen Korsett und Pumphosen trat durch die Flügeltüren. Klaviermusik folgte ihr, aber wurde gedämpft, als sie die Tür schloss. Sie war von mittlerer Größe und hatte volle Brüste, die fast aus dem Korsett quollen. Ihre Beine waren lang und wohlgeformt, ihre Haut cremefarben und hell. Ihre feuerroten Haare hoben sie von den anderen Frauen ab. Sie war eindeutig eine Hure und höchstwahrscheinlich sehr erfolgreich darin, Aufmerksamkeit auf sich zu ziehen.

„Mary!", rief sie, rannte zu unserer Braut – wir würden noch vor Ende der Nacht verheiratet sein – und zog sie in eine wilde Umarmung.

Sie grinsten und kannten sich offensichtlich. Da eine blond und die andere ein Rotschopf war, gab es keinerlei familiäre Ähnlichkeit zwischen ihnen. Sie waren nicht verwandt. Wie waren diese zwei Frauen, die völlig unterschiedliche Hintergründe hatten, Freundinnen geworden?

„Ich...brauche deine Hilfe", gestand Mary.

Die Frau warf Parker und mir einen Blick zu. Wir waren groß und wirkten bedrohlich und die Küche schien in unserer Anwesenheit zu schrumpfen. Sie wackelte mit den Augenbrauen. „Das würde ich sagen."

Als das Kichern ihrer Freundin nachließ, stellte uns Mary vor. „Das sind Mr. Corbin und Mr. Sullivan. Gentlemen, darf ich Ihnen meine Freundin Chloe vorstellen?"

Wir nahmen unsere Hüte ab und nickten ihr zu. Von uns beiden war ich der Ruhigere und sehr viel Geduldigere, auch wenn Parker Mary nicht drängte, ihm Antworten zu geben. Es gab zu viele, aber sie würde sie uns noch verraten. Wenn nicht, würden wir ihr den Hintern versohlen. Ich bezweifelte, dass irgendjemand in dem Gebäude Anstoß daran nehmen würde, wenn ich sie über mein Knie legen, ihre Röcke hochwerfen und ihren perfekten Hintern schön rosa färben würde.

„Wir brauchen einen Schlafplatz für heute Nacht", erklärte Mary ihrer Freundin.

Chloe musterte Mary gründlich. „Ich werde Miss Rose holen müssen."

Sie drehte sich um und ging, bevor Mary mehr sagen konnte als: „Aber – "

Während wir warteten, zog ich sie zu der hinteren Treppe, wo es zumindest einen Hauch Privatsphäre gab. Da sie die Treppe im Rücken hatte und wir beide vor ihr aufragten, blieb Mary keine andere Wahl, als sich uns zuzuwenden.

„Erkläre", forderte ich sie auf.

Nur ein Wort, aber der Tonfall war eindeutig. Mary *würde* antworten.

Sie leckte über ihre Lippen und sah uns beide durch ihre Wimpern an. „Ich gehöre zu den Damen der Frauenhilfe und vor über einem Jahr wurde mir die Aufgabe übertragen, Almosen – Kleidung, Fäustlinge und solche Dinge – zum 'Briar Rose' zu bringen. Dabei lernte ich Chloe kennen und wir freundeten uns an."

Meine Augen weiteten sich, während sie sprach. „Niemand von der Frauenhilfe weiß, dass du weitere Besuche hierher unternommen hast?", fragte ich.

„Oder dein Vater?", fügte Parker hinzu.

Sie schüttelte ihren Kopf. „Mein Vater beachtet mich normalerweise überhaupt nicht. Sein Erscheinen am Bahnhof war ein seltenes Ereignis. Das ist auch der Grund, warum ich wusste, wie ernst seine Absichten sind. Ich wusste, dass er mich verheiraten wollte, hatte eine Ahnung, dass es Mr. Benson sein könnte, aber ich war mir nicht sicher, bis wir ankamen. Deswegen habe ich auch meine Großmutter besucht." Sie erschauderte. „Die Mutter meines Vaters. Sie können sich wahrscheinlich vorstellen, wie schön dieser Monat war." Sie seufzte. „Aber es war besser als zum Spielball der Machenschaften meines Vaters zu werden. Es war eine Verzögerungstaktik, aber ich bin nur eine Frau und habe sonst keine Möglichkeiten."

Ihr Geständnis sagte viel über ihre Situation aus. Die Freiheit einer Frau war begrenzt, egal wie viel Geld sie besaß. Auch wenn sie nicht arbeiten musste, war sie dazu gezwungen, sich den Wünschen ihres Vaters zu beugen oder, wenn sie verheiratet war, denen ihres Ehemannes.

„Du bist nicht *nur* eine Frau", widersprach ich ihr. „Wir stehen in einem verdammten Bordell. Ich habe das Gefühl, dass mehr in dir steckt, als man denkt, und wir dich noch genauer kennenlernen müssen."

Wie zum Beispiel ihren Mund, ihre Pussy und irgendwann auch ihren Hintern, aber Mary erkannte die Doppeldeutigkeit meiner Worte nicht.

Eine Frau räusperte sich. Parker und ich traten zurück und standen einer Frau gegenüber, die definitiv die Besitzerin des Bordells und wahrscheinlich Miss Rose war. Sie trug ein Kleid, das dem Marys in Geschmack und Qualität in nichts nachstand. Sie befand sich in ihren Dreißigern und hatte feine Linien auf ihrem hübschen Gesicht. Sie betrachtete uns scharfsinnig, weshalb ich annahm, dass nicht viele ihre Inspektion überstanden.

„Mary Millard, als Chloe sagte, du hättest zwei Männer bei dir und würdest nach einem der oberen Zimmer fragen, bin ich fast in Ohnmacht gefallen."

Mary trat nach vorne, wobei sie recht zerknirscht aussah. Ich wusste nicht, ob Mary eine Mutter hatte oder nicht, aber so wie sie getadelt wurde, hegte ich keinen Zweifel daran, dass diese Frau ein guter Ersatz sein könnte.

„Du bist ein gutes Mädchen, auch wenn du durch die Gucklöcher spähst, um deine Neugier zu befriedigen. Aber das hier ist jenseits der Grenzen des Erlaubten und entspricht ganz gewiss nicht deiner Art."

Mary reckte ihr Kinn und ich konnte sehen, dass ihre Wangen dunkelrot angelaufen waren.

„Ich – wir haben keinen anderen Ort, an den wir gehen können."

Miss Rose schnippte mit ihren Fingern, woraufhin sich die Mädchen am Tisch erhoben und gingen. Der Koch verließ den Raum durch die Hintertür, sodass wir fünf allein waren. Chloe stand schweigend daneben, aber lauschte aufmerksam.

„Du willst eine Affäre mit zwei Männern verbergen, indem du hierherkommst?"

Mary fiel die Kinnlade herunter. „Was? Nein!"

Miss Rose schürzte die Lippen. „Erkläre."

Mein Mundwinkel hob sich, weil sie genau das gleiche Wort verwendete, wie ich vor ein paar Minuten. Wir waren uns sehr ähnlich und keine Menschen, die lange Sätze verschwendeten, wenn doch ein Wort ausreichte. Es versprach Gutes für unsere Ehe, wenn Mary so gut auf meine kurzen und knappen Befehle ansprach, denn sie würde schon bald herausfinden, dass Parker und ich das Kommando hatten. Nicht nur im Schlafzimmer – oder an jedem anderen Ort, an dem wir sie fickten – sondern auch in Bezug auf ihre Sicherheit und Wohlbefinden. Genau wie Miss Rose, die sich jetzt ihres Wohlbefindens vergewisserte. Ein gutes Mädchen wie Mary brachte nicht einfach zwei

Männer in ein Bordell, damit sie eine Stunde mit nackter Balgerei verbringen konnte.

Mary erzählte kurz und bündig von ihrer Notlage, während ihr Miss Rose ernst zuhörte.

„Das war eine kluge Entscheidung, denn Mr. Benson wurde aus diesem Haus verbannt und weiß, dass er hier keinen Fuß reinsetzen kann. Was deinen Vater betrifft, so lässt er die Damen lieber zu sich kommen", erwiderte Miss Rose und ich sah, wie sich Marys Gesicht bei der ordinären Erwähnung ihres Vaters verzog. „Du bist hier willkommen."

Mary lächelte und drehte sich zur Treppe.

„Warte", stoppte Miss Rose sie und hielt eine Hand hoch. Mary wandte sich ihr wieder zu und wartete nervös.

„Gentlemen, was sind Ihre Absichten gegenüber dieser Frau? Ich nehme an, Sie sind keine Trottel und wissen, dass sie keine Hure ist."

„Nein, Ma'am, das ist sie nicht", entgegnete ich. „Wir beabsichtigen, sie zu heiraten."

Chloe und Miss Rose sagten gleichzeitig: „Sie beide?"

Miss Rose war kein bisschen verblüfft, während Chloe aussah, als hätte sie noch nie zuvor von einer Ménage a Trois gehört. Ich war mir sicher, dass es aufgrund ihres Berufes nicht viel gab, das sie noch nicht gesehen hatte.

„Euch beide?", wiederholte Mary.

„Ja, uns beide. Wir haben dir das am Bahnhof erzählt", bestätigte ich.

Mary runzelte die Stirn. „Sie haben lediglich gesagt, dass Sie vorübergehend meinen Ehemann spielen würden. Das war alles."

Ich schüttelte langsam meinen Kopf. „Wir sagten, wir würden uns um dich kümmern, dass wir dich beschützen würden. Genau das bedeutet eine Ehe. Wie Miss Rose sagte, bist du ein gutes Mädchen und wirst auch ein solches bleiben, bis wir verheiratet sind. Dann werden wir dir zeigen, was für ein böses Mädchen du sein kannst." Ich konnte mein Grinsen nicht unterdrücken, als ich an all die verruchten Dinge dachte, die wir ihr zeigen würden. Und sie würde sie alle lieben.

Ihr Mund klappte überrascht auf.

„Diese Männer?", fragte Chloe. Sie klopfte Mary auf die Schulter. „Mach dir keine Sorgen, Süße. Sie sehen absolut umwerfend aus. Die zwei werden dafür sorgen, dass es gut für dich wird. Glaub mir, dir wird es gefallen, zwei Männer gleichzeitig zu haben."

Da kicherte sie und Mary errötete noch tiefer.

„Sie müssen aus Bridgewater kommen", mutmaßte Miss Rose und sah zwischen uns zweien hin und her.

Ich nickte. Auch wenn unsere Sitten nicht öffentlich bekannt waren, überraschte es mich nicht, dass Miss Rose Bescheid wusste. Sie bewahrte Geheimnisse wahrscheinlich besser als ein Pfarrer der katholischen Kirche und ich glaubte nicht, dass sie ihre Handlungsweisen jetzt ändern würde. Sicherlich wusste sie von...schlimmeren Dingen als einer Frau, die zwei Männer heiratete, die treu und liebevoll waren.

„Dann heiße ich es gut", fügte sie mit einem entschiedenen Nicken hinzu.

Mary fand schließlich ihre Sprache wieder. „Miss Rose, du kannst doch nicht denken, dass es eine gute Idee wäre, *zwei* Männer zu heiraten!"

„Das tue ich", erwiderte sie. „Das sind schwierige Zeiten und Butte ist ein raues Pflaster. Es ist schwer, in diesen Teilen der Erde eine Frau zu sein. Selbst mit deinem Geld warst du nie glücklich. Warum solltest du sonst hierherkommen? Diese Männer wollen dich. Alle beide.

Manche Frauen träumen von einem Mann, der sie beschützt, aber du hast das große Glück zwei zu haben."

Mary trat näher zu Miss Rose und flüsterte: „Aber...*zwei*. Ich habe nie gesehen...ich weiß nicht, was man mit zweien macht."

Daraufhin lächelte die ältere Frau. „Mach dir keine Sorgen. Ich zweifle nicht daran, dass sie es wissen."

4
———

ULLY

JA, das wussten wir.

„Aber – "

Miss Rose hielt ihre Hand hoch. „Wenn du die Nacht mit diesen Männern hier verbringen möchtest, *wirst* du sie zuerst heiraten."

Ihr Ultimatum gefiel mir außerordentlich. Es würde dafür sorgen, dass sie bald unseren Ring an ihrem Finger tragen würde, damit wir sie wahrhaftig vor Benson und ihrem Vater beschützen konnten. Uns waren die Hände gebunden, bis sie vor dem Gesetz zu uns gehörte und ich würde ihre Tugend nicht beschmutzen, indem ich etwas weniger Ehrenhaftes erwartete.

„Aber...all die Mädchen. Keine von ihnen heiratet die Männer, die sie nach oben bringen!" Marys Stimme wurde lauter, da sie immer wütender wurde. „Warum ich?"

„Bist du eine Hure?", fragte Miss Rose sie direkt.

Mary sah weg. „Nein", flüsterte sie.

„Dann wirst du heiraten. Ich werde nicht erlauben, dass du dich mit weniger zufrieden gibst. Wenn deine Mutter noch leben würde, würde sie mir zustimmen."

Die Vorstellung, dass Mary allein mit ihrem Vater und seinen rücksichtslosen Plänen für sie war, steigerte meinen Wunsch, diese Hochzeit über die Bühne zu bringen, um ein Vielfaches.

Mary blickte zu uns beiden. „Ich...habe Sie erst heute kennengelernt", gab sie zu. „Wie können Sie sich so sicher sein?"

Ich stellte mich direkt vor sie. Wenn sie tief Luft holen würde, würden ihre Brüste meine Brust berühren. Ich fuhr mit meinen Fingerknöcheln über ihre weiche Wange. Ihre Augen schlossen sich und sie lehnte ihren Kopf in die Berührung.

Sie wollte uns. Sie war einfach nur zu unschuldig, um zu verstehen, was sie fühlte. Es war überwältigend und schnell, aber *richtig*.

„Du kennst Benson bereits seit einiger Zeit. Die Länge einer Bekanntschaft garantiert dir keine passende Verbindung."

Chloe tätschelte ihren Arm. „Es stimmt, Süße. Manchmal spürt man einfach eine Verbindung. Wenn das der Fall ist, schnapp dir den Mann – oder Männer – und lass nie wieder los."

Mary wirkte kein bisschen überzeugt, aber sie überraschte mich, als sie ihr Kinn hob und zu Parker blickte, dann zu mir.

„Ich werde keinen Mann...oder Männer heiraten, die betrügen. Meine Besuche bei Chloe während des vergangenen Jahres haben mir die Augen geöffnet. Ich habe hier eine Vielzahl verheirateter Männer – Männer, die ich sogar aus der Kirche kenne – gesehen, die Schürzenjäger sind. Das werde ich nicht dulden." Sie verschränkte die Arme vor der Brust und starrte Miss Rose an. „Du kannst mich nicht zwingen, die zwei zu heiraten, wenn das der Fall ist."

Sie war unnachgiebig und bestand leidenschaftlich auf ihre Meinung. Obwohl ich von ihren negativen Annahmen bezüglich unserer Ehre beleidigt hätte sein sollen, respektierte ich sie dafür. Miss Rose konnte keine Einwände erheben. Sie wollte offenkundig nur das Beste für Mary und das war kein Betrüger als Ehemann.

„Mary." Parker legte sich die Hand auf seine Brust, direkt über seinem Herzen. „Du gehörst zu uns. Auch wenn du vor dem Gesetz mit Sully verheiratet sein wirst, wirst du ebenso meine Frau sein. Ich werde keine andere wollen. Ich schwöre, ich werde dir treu sein."

„Genauso wie ich", versprach ich.

Mary neigte ihren Kopf zu mir. Ihr Verstand arbeitete, diskutierte, grübelte.

Miss Rose sah zu uns, dann zu Mary und wartete.

Marys Augen zeigten keine Verwirrung, keine Angst, nichts als Entschlossenheit, während sie unsere Schwüre überdachte. Diese Worte waren wichtiger als die Eheschließung, die noch folgen würde.

„In Ordnung." Sie nickte, als ob sie ihren Worten mit dieser Geste Nachdruck verleihen müsste. Mir reichte ihre Erklärung. „Wir können nicht in die Kirche gehen. Mein Vater wird es wissen."

Miss Rose fuchtelte mit der Hand durch die Luft. „Dein Vater mag in dieser Stadt zwar mächtig sein, aber ich habe auch Kontakte." Sie deutete mit dem Kinn zur Tür, die zum Empfangsraum führte. „Dort draußen ist Richter Rathbone.

Ich habe keinerlei Zweifel daran, dass er gerne eure Eheversprechen entgegennehmen wird."

So wie Miss Rose den letzten Teil formulierte, nahm ich an, dass sie den Richter dazu *verlocken* würde, die Zeremonie durchzuführen.

Chloe eilte aus der Küche. Sie war begeisterter von der Hochzeit als die Braut.

Es dauerte nicht lang, bis der Richter erschien, der von Chloe mehr oder weniger gegen seinen Willen herbeigezerrt wurde. Für eine so kleine Frau, war sie erstaunlich stark. Der Richter war in seinen Fünfzigern und bereits ergraut, übergewichtig und hatte kurze, knubbelige Beine. Seine Anzugjacke fehlte und seine Krawatte war schief, als ob er beschäftigt gewesen wäre, bevor er davongezerrt worden war. Er betrachtete uns drei und seine Augen weiteten sich bei Marys Anblick.

„Miss Millard", sagte er, wobei Überraschung in seinen Worten mitklang.

„Ich bin mir sicher, diese kleine Zeremonie wird etwas sein, das wir alle schnell wieder vergessen, nicht wahr Richter?", fragte Miss Rose mit einer Stimme so süß wie Honig. „Gehört Ihre Ehefrau nicht gemeinsam mit Miss Millard den Damen der Frauenhilfe an?"

Das Doppelkinn des Richters wackelte, als er nickte.

„Dann bin ich mir sicher, dass Miss Millard und diese Männer nicht nur über Ihre Anwesenheit hier im 'Briar Rose', sondern auch über die Dinge, die Sie heute Nacht mit Elise getan haben, Stillschweigen bewahren werden?"

Die Augen des Richters weiteten sich leicht. Er schluckte, während er über die Konsequenzen nachdachte. Er schob seine Schultern nach hinten, nahm eine richterliche Haltung ein und fragte: „Wer ist der Bräutigam?"

Ich trat nach vorne und bezog neben Mary Stellung. "Das bin ich."

Heute Morgen hatte ich noch keine Ahnung gehabt, dass ich heiraten würde. Aber hier war ich mit Parker an meiner Seite. Wir verpflichteten unser Leben dieser Frau und es gab kein Zurück mehr. Ich blickte auf Mary hinab. Sie sah ruhig und...wunderschön aus. Ihre blonden Haare waren immer noch ordentlich frisiert, ihr Kleid sauber und ihr Hut saß nach wie vor in dem perfekten Winkel auf ihrem Kopf. Sie wirkte vollständig unbeeindruckt von den vergangenen zwei Stunden, absolut entschlossen. Das war ich ebenfalls.

"Gut", sagte der Richter und blickte zu Parker. "Sie haben einen Zeugen mitgebracht."

Ich würde ihn nicht darüber aufklären, dass er viel mehr als ein Zeuge war, da ich nicht wollte, dass all unsere Geheimnisse offenbart wurden. Ich war mir ziemlich sicher, dass der Mann nichts über die geheime Hochzeit der Millard Erbin verlauten lassen würde, da, was auch immer er mit Elise tat, ziemlich liederlich sein musste. Aber das bedeutete nicht, dass ich ihm irgendetwas verraten wollte, das er gegen uns verwenden könnte.

Der Richter sah zu mir. "Ich kenne zwar Miss Millard, aber Sie muss ich bitten, mir Ihren Namen zu nennen."

"Adam Sullivan."

Die Augen des Mannes weiteten sich und er schluckte sichtbar. "Adam...Sullivan?" Der Richter quiekte das letzte Worte fast und trat einen kleinen Schritt zurück. Mary sah zu mir auf, Falten runzelten ihre glatte Stirn. Es war offensichtlich, dass sie mich oder das, was ich getan hatte, nicht kannte. "Gregory Millards Tochter heiratet den Schützen Sullivan?"

Ich machte einen Schritt auf den Richter zu und der

ältere Mann duckte sich. Ja, er kannte mich gut. „Gibt es ein Problem, Richter?"

Der Richter schüttelte seinen Kopf so heftig, dass seine Lippen zitterten.

Miss Roses Augenbrauen hoben sich und dann lachte sie. „Das ist...exzellent."

Mary runzelte die Stirn. „Was? Ich verstehe nicht. Kennen Sie sich alle?"

„Dein zukünftiger Ehemann ist in diesen Teilen der Erde ziemlich berüchtigt. Ein Gesetzloser, wie manche sagen", informierte Miss Rose Mary. Ihr kluger Blick huschte zu mir. „Wie viele Ihrer eigenen Männer haben Sie getötet?"

Sie wirkte nicht entsetzt über meine gefährliche Vergangenheit, sondern eher amüsiert.

„Vier", antwortete ich, trat zurück und ergriff sofort Marys Ellbogen.

Sie versuchte, sich zurückzuziehen, aber ich würde es nicht zulassen. Ohne die Details klangen meine Taten schrecklich und ich konnte mir nur ausmalen, was sie sich vorstellte.

Ich war Teil der US Kavallerie gewesen und einige der Männer waren abtrünnig geworden und hatten die Beziehungen zu den Indianern in ihre eigenen Hände genommen. Als ich die Männer dabei erwischt hatte, wie sie in einem Indianer Lager vergewaltigt und gemordet hatten, hatte ich die Unschuldigen verteidigt. Ich erschoss die vier Männer, bevor sie noch mehr Schaden anrichten konnten. Sie waren keine militärischen Männer, sie waren Mistkerle, die über die Schwachen herfielen. Sie waren krank im Kopf gewesen und ich würde sie sofort wieder töten.

Bevor die gerichtliche Untersuchung durchgeführt worden war, war ich anstatt der Männer, die solch schreckliche Verbrechen begangen hatten, als Feind dargestellt worden. Letztendlich war ich freigesprochen, aber aus dem Dienst entlassen worden. Sie hatten mich als Gefahr eingestuft. Danach hatte sich die Geschichte darüber, was ich getan hatte, herumgesprochen und dabei verändert. Ich wurde zu einem aggressiven Biest gemacht, das alles und jeden tötete, der sich mir in den Weg stellte.

Daher rührte die Angst des Richters, denn er glaubte anscheinend die Lügenmärchen. In diesem Moment war ich froh, dass der Mann eine solche Angst hatte, da für ihn dadurch noch mehr auf dem Spiel stand – zumindest nahm er das an – als dass seine Frau von seiner Untreue erfuhr.

Mir waren die Geschichten oder die Legende, zu der ich geworden war, egal. Ich wollte ein ruhiges Leben, ein einfaches Leben. Und ich würde es haben, wenn wir nur den Richter dazu bringen konnten, endlich weiterzumachen. Aber Marys Ängste mussten beruhigt werden. Ich würde nicht zulassen, dass sie Angst vor mir hatte.

Ich blickte auf meine verängstigte Braut und versuchte meine Stimme weich klingen zu lassen. „Es gibt so viel, was ich dir erzählen muss und jetzt ist nicht die Zeit dazu, besonders nicht vor einer solchen Zuhörerschaft. Aber diese vier Männer, sie verletzten und töteten unschuldige Menschen. Ich habe sie aufgehalten. Was dich betrifft, so musst du mich nie fürchten. *Niemals.* Ist es nicht so, Miss Rose?"

Ich hielt meine Augen auf Mary gerichtet, da ich nicht wollte, dass sie dachte, ich würde etwas vor ihr verbergen. Ich hielt die Luft an, weil ich wusste, dass meine Vergangenheit immer wieder hervorgeholt wurde und mich belästigte. Aber dass mir Mary deswegen entrissen wurde, war etwas völlig anderes.

Miss Rose nickte. „Das stimmt, Schatz. Wenn Sullivan dein Ehemann ist, wirst du dir nie wieder Sorgen wegen deinem Vater machen müssen. Wegen irgendjemandem. Du bist bei ihm in Sicherheit. Richtig, Richter?"

Mary würde sich nicht länger den Kopf wegen ihrem Vater zerbrechen müssen, weil der Mann zu große Angst vor mir hätte, um ihr zu schaden. Wenn es jemand wagen sollte, ihr wehzutun, war es unsere Aufgabe, unser Privileg, sie glücklich zu machen.

Der Richter schloss seinen Mund, der geöffnet gewesen war, und nickte. „Das ist richtig. Mr. Sullivan weiß, wie er Sie beschützen kann."

Mary biss auf ihre Lippe, überlegte. Ihr Gesicht war so ausdrucksvoll. Ich konnte zwar keine Angst in ihren hellen Augen sehen, aber sie war verwirrt und nervös. Diese beiden Dinge könnten schon bald beseitigt werden. Sie musste nur auf mein Wort vertrauen. Mich akzeptieren, wie ich war. Ich war ein geduldiger Mann, aber es war schwer für mich auf Marys Entscheidung zu warten. Erst wenn die Zeremonie vollzogen und wir mit ihr allein waren, würde sie herausfinden, wie sehr wir uns ihr verschrieben hatten.

Tief einatmend nickte Mary. „In Ordnung."

Verdammt war ich erleichtert. Von der Frau, der ich versprochen hatte, sie zu beschützen, abgelehnt zu werden, wäre schrecklich gewesen. Sie glaubte an mich, zumindest genug, um mich zu heiraten. Ich musste einfach breit grinsen. Ich ließ ihren Arm los und streichelte mit meinen Knöcheln wieder über ihre Wange.

„Braves Mädchen", murmelte ich und sie lächelte, während ihre Wangen bei meinem Lob rot wurden.

Der Richter begann die Zeremonie und sprach schnell die Worte, die er auswendig konnte. Das würde eine sehr kurze Zeremonie werden. Der Richter wollte es hinter sich bringen. Ich wollte es hinter mich bringen. Ich war mir sicher, dass auch Parker kurz nervös gewesen war. Er wollte sicherlich ebenfalls, dass Mary so schnell wie möglich die Unsere wurde.

Sie war so hübsch, so selbstsicher, wie sie neben mir stand. Sie akzeptierte ihr Schicksal, akzeptierte, dass dies das Beste für sie war, dass *wir* das Beste für sie waren. Ich war so stolz auf sie, bewunderte ihre Stärke.

Als das Gelübde abgelegt worden war, beugte ich mich zu ihr und küsste sie keusch und kurz, aber löste mich erst von ihr, als ich die Weichheit ihrer Lippen spürte oder das kleine Keuchen, das ihr entwich, hörte. Mary hatte ihre Augen geschlossen und als sie sie öffnete, schimmerte eine neugefundene Leidenschaft in ihnen. Es war ein berauschender Moment, da ich wusste, dass ich diesen Blick in ihr hervorgerufen hatte. Ich konnte mir nur vorstellen, wie sie aussehen würde, wenn ich sie *richtig* küsste.

„Danke, Richter." Miss Rose tätschelte dem Mann den Arm in einer besänftigenden Geste. Er wirkte erleichtert, dass es vorbei war, zog ein Taschentuch aus seiner Tasche und wischte sich über seine verschwitzte Stirn. „Bitte teilt Elise mit, dass Ihre Getränke heute Abend auf mich gehen."

Der Mann wartete nicht lange, sondern floh mit einer Geschwindigkeit, die seine Größe Lügen strafte, aus der Küche.

Miss Rose lächelte. „Herzlichen Glückwunsch, Mary. Du wirst mir vielleicht nicht glauben, aber du hast einen fantastischen Ehemann. *Zwei* fantastische Ehemänner. Alle Männer auf Bridgewater sind ehrenhaft. Treu. Liebevoll."

Mary nickte, aber wusste nichts zu antworten. Außerdem wirkte sie ein wenig überwältigt. Die Verbindung war besiegelt. Es war legal. Sie gehörte jetzt zu mir. Und Parker.

„Gehen Sie die Treppe hoch, das zweite Zimmer auf der linken Seite." Miss Rose deutete nach oben. „Ich denke, dass Sie es für heute Nacht für angemessen halten werden, Gentlemen."

Miss Rose nahm Marys Hand und drückte sie kurz beruhigend, bevor sie dem Richter folgte und Chloe mit sich zog, die zwinkerte, kurz bevor sich die Tür hinter ihr schloss.

„Allein mit unserer Braut in einem Butte Bordell", sagte ich und mein Mundwinkel hob sich.

Parker lachte und ergriff Marys Hand. Ich war mir sicher, er war so erleichtert wie ich, weil er nun wusste, dass sie die Unsere war. Offiziell, legal, für immer. „Was sollen wir jetzt tun?"

5

Mary

BEI JEDEM BESUCH IM 'BRIAR ROSE' war ich von dem, was ich beobachtet hatte, verblüfft, amüsiert oder eingeschüchtert gewesen, aber jetzt war ich ein wenig verängstigt. Zuvor hatte ich mich von all dem abgeschottet gefühlt, ich hatte mich in einem abgeschotteten Raum befunden, mich versteckt und beobachtet. Eine Voyeurin. Nach Chloes Erzählungen zu schließen, war ich jemand, der gerne andere in kompromittierenden Situationen beobachtete. Es war erregend. Manchmal nicht. Aber wenn ein Paar faszinierende Dinge miteinander trieb, dann ertappte ich mich dabei, wie sich meine Haut erhitzte, sich meine Brustwarzen aufrichteten und meine Pussy feucht wurde. Ich träumte sogar davon. Sehnte mich danach. Aber das waren alles nur Fantasien gewesen.

Jetzt...jetzt hatte ich zwei Ehemänner, die mich mit einem Begehren betrachteten, das ich erkannte. Zum ersten

Mal war dieses Verlangen direkt auf mich gerichtet. Beobachten war eine Sache, aber es tun... Ich fürchtete mich davor, was sie von meiner Neugier hielten und ob sie mich entweder mangelhaft finden oder als Schlampe betrachten würden.

Vielleicht beides, da ich die Männer in ein Bordell gebracht hatte! Das Bordell war mein erster Gedanke gewesen, der erste Ort, von dem ich wusste, dass weder mein Vater noch Mr. Benson auf die Idee kommen würden, dort nach uns zu suchen. Mein Vater hatte nie erfahren, dass ich für die Frauenhilfe in dem Etablissement gewesen war und würde nie auch nur im Traum daran denken, dass ich dort freiwillig hingehen würde. Ich hatte die Konsequenzen meiner übereilten Entscheidung nicht bedacht – offensichtlich, denn jetzt war ich verheiratet und hatte zwei eifrige Ehemänner, die die Ehe vollziehen wollten.

Ich weigerte mich, ihnen in die Augen zu schauen aus Angst, dass ich Scham in ihren Gesichtern entdecken würde.

„Mr. Sullivan – "

Er neigte mit einem Finger mein Kinn nach oben, sodass ich gezwungen war, in seine dunklen Augen zu blicken. Die Hitze, die ich in ihnen sah, überraschte mich. Er sah so gut aus. Er war so groß, seine Haare waren dunkel und widerspenstig und ich wollte so gerne meine Finger darin vergraben.

„Da ich dein Ehemann bin, denke ich, dass du mich Sully nennen kannst."

„Sully", wiederholte ich.

„Mr. Corbin kannst du auch vergessen. Ich bin Parker für dich." Seine Stimme war sanft, sogar zärtlich.

„Was ihr von mir denken müsst." Ich spürte, wie meine Wangen heiß wurden.

Parker runzelte die Stirn. „Von dir denken?"

Ich wrang meine Hände und versuchte, wegzuschauen, aber Sully ließ es nicht zu. Ich war gezwungen, seinen Blick zu halten, während ich meine Fehler gestand.

Mein Herz pochte wild, mein ursprünglicher Mut hatte sich verflüchtigt. „Wir werden unsere Hochzeitsnacht in einem Bordell verbringen!"

„Du hast gerade erfahren, dass ich vier Menschen getötet habe. Da muss ich mich fragen, was du wohl von mir denkst", gestand Sully und ließ mich los.

Ich schaute ihn an. Schaute ihn *wirklich* an. Auch wenn er unglaublich gutaussehend war, war er auch sehr groß und körperlich stark. Ich hätte ihm nichts entgegenzusetzen, wenn er mich verletzten wollte. Im Zug – war das wirklich erst einige Stunden her? – war er ruhig, dennoch fürsorglich gewesen. Er hatte mich sanft zum Speisewagen geführt, war aufmerksam im Gespräch gewesen und hatte wachsam nach möglichen Gefahren, die mir drohen könnten, Ausschau gehalten. Ich hatte mich bei ihm sicher gefühlt. Zu entdecken, dass er Männer getötet hatte, während er die Schwachen verteidigte, hatte mich nicht so sehr überrascht, wie ich erwartet hätte. Wenn mir jemand auf unserer Reise hätte schaden wollen, hätte mich Sully mit allem, was notwendig gewesen wäre, verteidigt. Daran zweifelte ich keine Sekunde. Denn diejenigen, die es verdienten, ihrer gerechten Strafe zuzuführen, war einfach Teil seines Charakters.

„Miss Rose hält viel von dir. Ich vertraue ihrem Urteil", antwortete ich.

Seine dunkle Braue hob sich. „Ihr Urteil ist genug?"

„Wir kennen uns kaum und ich muss mich darauf

verlassen, dass mich meine Freundinnen richtig beraten haben. Du hast Parker. Ich bin mir sicher, dass du größere Fehler hast, als diejenigen, die in Gefahr sind, zu beschützen."

Seine dunklen Augenbrauen hoben sich noch weiter vor Überraschung.

Ich klatschte meine Hände zusammen und verdrehte sie. „Mein Vater. Er ist ein Kirchengänger, ein Millionär, ein Geschäftsmann. Eine Säule der Gemeinschaft. Er wollte mich im Austausch für irgendeine Minen-Vereinbarung mit Mr. Benson *verheiraten*. Dann gibt es noch Mr. Benson. Er kam hierher." Ich zeigte auf den Boden, um auf das Bordell hinzuweisen. „Er...hat ein Mädchen mit einer Peitsche verletzt. Einer Peitsche! Und hat andere Dinge getan. Dinge, von denen ich wusste, dass er sie mit mir tun würde. Oder er würde gar nichts mit mir tun. Mich einfach nur schwängern – mit einem Jungen natürlich – und mich dann ignorieren. Wenn ich ihm keinen Jungen schenkte, würde ich mir ständig Sorgen machen müssen, dass ich wie seine vorherigen Ehefrauen sterben würde. Also ist es kein Problem mit jemandem zusammen zu sein, der getötet hat, sondern die Motivation dahinter."

„Also hast du die einzige verfügbare Alternative gewählt?", wollte Parker wissen.

Ich verzog meine Augen zu schmalen Schlitzen. „Ich habe euch nur um eine zeitlich befristete Hilfe gebeten. Ihr zwei wart diejenigen, die dem nicht zugestimmt haben. Sully ist derjenige, der gesagt hat, er würde mich heiraten. Und jetzt, jetzt behauptest du, dass ich auch noch mit dir verheiratet bin."

Parker grinste. „Das stimmt. Der Richter hat dich zwar legal an Sully gebunden, aber mein Schwur von vorhin besteht weiterhin. Ich bin genauso sehr der Deine wie du die Meine."

Sully nickte. „Du *bist* die Eine für uns."

Ich runzelte die Stirn. „Ich weiß nicht, wie ihr euch dessen so sicher sein könnt."

Parker legte seine Hand auf meine Schulter und ich sah zu ihm hoch. „Manchmal weiß man es einfach", er legte seine Hand auf seine Brust, „hier drin."

Ich verstand, was er meinte, denn auch mein Herz hatte beim ersten Blick auf Parker einen Satz gemacht, als er aufgestanden war, um dem Schaffner meine Tasche abzunehmen. Meine Handflächen waren feucht geworden und ich sofort nervös. Dann hatte ich Sully gesehen und wäre fast an meiner eigenen Spucke erstickt. Dass beide Männer während der gesamten Reise nach Butte ein solches Interesse an mir gehabt hatten, war überraschend und verwirrend gewesen, aber ich hatte es genossen. Nachdem ich mich beruhigt hatte. Welche Frau würde bei der Vorstellung, die konzentrierte Aufmerksamkeit zweier Männer zu haben, nicht dahin schmelzen?

Ich hatte mich noch nie zuvor so zu einem Mann, zu zwei Männern, hingezogen gefühlt. Zu beobachten, wie Männer und Huren im Bordell zusammenkamen, hatte mich erregt, aber keiner der Männer hatte mich eifersüchtig auf meine Freundinnen werden lassen. Ich wusste, ich wollte diese Dinge mit jemandem machen…ich wusste nur nicht mit wem. Bis jetzt.

„Aber…aber euch beide? Wie funktioniert eine Ehe mit zwei Männern?"

Parker trat vor mich und zog mich in seine Arme. Sein Körper bestand aus harten Muskeln und ich konnte seinen Herzschlag unter meiner Hand spüren. Ruhig und gleichmäßig, vielleicht ein bisschen wie der Mann selbst.

„Das ist die Bridgewater Weise. Wir haben einige der Männer, die dort leben, in der Armee kennengelernt und sie leben alle nach der Sitte, sich eine Frau zu teilen. Wenn einem von uns etwas geschieht, Schatz, dann bist du immer noch in Sicherheit und wirst von dem anderen beschützt. Du bist jetzt das Zentrum unserer Welt."

Parker ließ mich los, damit mich Sully als nächster umarmen konnte. Er fühlte sich ganz anders an. Sie waren beide groß, beide gut gebaut und muskulös, aber Parkers Umarmung war sanfter, wohingegen ich mich in Sullys Armen behütet fühlte. Sie rochen unterschiedlich und individuell. Mir gefiel es, wie sie mich hielten. Ich war froh, dass ich mich nicht für einen entscheiden musste, dass ich mein Leben nicht führen musste, ohne sie beide zu kennen.

Ich konnte nur zustimmend nicken, da ich diese Verbindung und meine Gefühle dazu nicht vollständig verstand. Es war so überwältigend, so verwirrend. So... verrückt!

„Was den Rest betrifft...du bist zwar eine Jungfrau, aber nicht völlig unschuldig", stellte Sully fest.

Ich versteifte mich in seinen Armen.

„Du hast dich gefragt, was wir von dir dachten, weil du uns in ein Bordell gebracht hast?", fragte Parker.

„Die Dinge, die ich zu meinem Vater gesagt habe – "

„Wie beim Ficken oben zu sein oder von hinten genommen zu werden?", ergänzte Sully. „Wir haben es nicht vergessen."

Ich biss auf meine Lippe und rieb meine Wange über Sullys Brust, während Parker grinste. *Grinste!*

„Ich musste *etwas* sagen."

„Es war eine weise Entscheidung. Hierher zu kommen war eine weise Entscheidung. Wir sind in Sicherheit und können unsere Hochzeitsnacht damit verbringen, uns um dich zu kümmern, anstatt uns wegen deinem Vater oder Benson Sorgen zu machen. Ich würde es vorziehen, heute Nacht nicht mit meiner Waffe schlafen zu müssen. Es ist der perfekte Ort, um dich zu der Unseren zu machen."

Ich spannte mich in Sullys Armen an. „Jetzt?", quiekte ich.

Parker trat hinter mich, kam näher zu mir, sodass ich seine Körperwärme spürte, aber nicht so nah, dass er mich berührte. Seine Hände schwebten über meinen Armen und ich freute mich auf die Berührung, hielt sogar meinen Atem an. Ich sehnte mich danach, Sully auf einer Seite und Parker auf der anderen zu fühlen.

„Heute Nacht, ja", murmelte mir Parker ins Ohr. Das heiße Gefühl an meinem Hals schickte einen Schauer über meinen Rücken. „Aber wir sind keine Barbaren. Wir werden dich nur nehmen, wenn du bereit bist."

„Aber...aber was ist, wenn ich nicht bereit bin?", flüsterte ich und umklammerte den Stoff von Sullys Hemd.

Sully drückte mein Kinn nach hinten und beugte sich für einen Kuss zu mir.

„Es ist unsere Aufgabe, dafür zu sorgen, dass du bereit bist", murmelte er nur einen Zentimeter von meinem Mund entfernt.

Meine Augen schlossen sich für den zweiten Kuss meines Lebens. Er war so sanft, wie der Kuss, der unsere Hochzeit besiegelt hatte, aber er war auch...mehr. Seine Lippen strichen über meine, er knabberte vom einen Mundwinkel zum anderen, kostete von mir, dann glitt seine Zunge über meine Unterlippe. Ich keuchte und er nutzte den Vorteil, um seine Zunge in meinen Mund zu schieben.

Sullys Hände umfassten mein Kinn und er neigte meinen Kopf so, dass er mich küssen konnte, wie er wollte. Langsam bedeutete nicht, dass es weniger vergnüglich war, da es sich anfühlte, als würde er mich kennenlernen, entdecken, was ich mochte, was mir kleine Laute in meiner Kehle entlockte.

Parkers Hände berührten mich endlich, glitten meine Arme hoch und runter, dann zu meiner Taille. Da er sich gegen mich presste, spürte ich jeden harten Zentimeter seines breiten Oberkörpers, spürte, wie sein Schwanz gegen meinen Rücken drückte.

Ich war froh über seinen Griff um meine Taille, da ich ansonsten sicherlich zu Boden gefallen wäre.

„Ich bin dran." Parkers Worte durchbrachen den Nebel in meinem Gehirn und bevor ich mehr tun konnte als Keuchen, wurde ich umgedreht und Parkers Mund lag auf meinem. Oh, er war ein guter Küsser. Ganz anders als Sully, aber genauso erregend. Als seine Zunge meinen Mund erkundete, schmeckte ich Pfefferminz.

Parker knurrte. Ich spürte das Grummeln unter meinen Handflächen. Wann hatte ich meine Hände auf seine Brust gelegt?

Parker knabberte ein letztes Mal an meiner Unterlippe, hob seinen Kopf und trat zurück. Meine Augen öffneten sich flatternd und ich schwankte, vermisste ihre Berührungen, vermisste es, sie zu spüren. Ihre Düfte umwirbelten mich gemeinsam und neckten mich. *Sie* neckten mich und jetzt wollte ich mehr, genau wie sie es prophezeit hatten. Wenn sie so küssten, stand ich der Vorstellung, zwei Ehemänner zu haben, nicht mehr ganz so skeptisch gegenüber. Wenn sie allein mit einfachen Küssen solche Gefühle in mir wecken konnten... Ich konnte mir nur ausmalen, was sie tun konnten, wenn sie sich erst einmal ihrer Kleider entledigt hatten.

„Du wirst bereit sein", verkündete Sully, wobei seine Stimme tiefer war als gewöhnlich. Ihn hatte der Kuss auch nicht kalt gelassen, da er seine Hose richtete und mir entging nicht der dicke Umriss seines Schwanzes, der gegen seine Hose drückte.

„Ähm...das sehe ich." Mir fiel nichts anderes ein, das ich sagen könnte, da ich glaubte, dass er recht hatte. Meine Gedanken waren durcheinander, mein Körper warm und entspannt, meine Brustwarzen hart und kribbelnd. Ich wollte sie, meine Finger wollten sie unbedingt berühren, jeden Zentimeter von ihnen kennenlernen.

Parker trat vor mich, sodass sie neben einander standen. Sie hatten eine ähnliche Größe, einer war hell, der andere dunkel. Sie waren beide stark gebaut und hatten Muskeln, die man unter ihren Kleidern nicht übersehen konnte. Sie waren so anziehend, so gutaussehend und so mein.

„Chloe scheint eine nette Freundin zu sein", merkte Parker an. „Was hat sie dir beigebracht?"

Ich runzelte die Stirn. „Mir beigebracht?"

„Du bist hier mehrmals vorbeigekommen?", fragte Sully.

Ich nickte.

„Hat sie dich nach oben mitgenommen?", fügte Parker hinzu.

Ich leckte meine Lippen. „Ja."

„Hat sie dich so geküsst wie Sully? Dich ausgezogen? Dich berührt?"

Ich keuchte bei der entsetzlichen Frage auf. „Was?" Ich schüttelte meinen Kopf. „Nein, natürlich nicht. Das ist – "

„Nichts für dich?", beendet Sully meinen Satz.

„Ich...ich wusste es nicht. Ich meine, ich dachte nie..."

„Du bist also nicht daran interessiert, mit einer anderen Frau Liebe zu machen."

Meine Augen wurden auf Parkers Worte hin groß. „Ich bin Jungfrau", verkündete ich und reckte mein Kinn empor. Ich wollte nicht, dass sie das in Frage stellten.

Sully lächelte. „Das ist gut, Schatz, aber man kann auch, ohne das Jungfernhäutchen zu durchbrechen, Vergnügen finden. Und mit einer Frau."

Ich dachte an alles, was ich durch die geheimen Gucklöcher beobachtet hatte und es waren *nie* zwei Frauen zusammen gewesen. Der Gedanke war mir nie in den Sinn gekommen.

„Oh", entgegnete ich und knabberte auf meiner Lippe. „Ihr fragt euch, was ich beim Beobachten, außer meinem geschmacklosen Vokabular, gelernt habe."

Parker streckte seine Hand aus, zog die Nadel aus meinem Hut und entfernte ihn von meinem Kopf. Nach hinten greifend legte er ihn abwesend auf den Tisch neben eine Schüssel voller Kohl.

„Du hast Leute beim Ficken beobachtet?", fragte er.

Meine Wangen wurden flammend heiß und ich hob meine Hände, um sie zu berühren. Dieses Wort…Ficken, verwendeten auch Chloe und alle anderen im 'Briar Rose' auf eine solch gleichgültige Art und Weise, dass ich demgegenüber unempfindlich geworden war. Aber als Parker das Wort in einer direkten Frage an mich verwendete, schämte ich mich sofort.

Meine fehlende Antwort war Antwort genug. Beide Männer sahen sich um.

„Du kannst nicht in die Haupträume gegangen sein", stellte Parker fest.

„Natürlich nicht", erwiderte ich entrüstet. Außer dass es unanständig war, wäre auch meine Tugend ruiniert gewesen und die Nachricht über meine Anwesenheit hätte sich wie ein Lauffeuer in der Stadt verbreitet. Es war in Ordnung, wenn ein Mann – selbst ein verheirateter – eine Frau für eine leidenschaftliche Nacht aufsuchte, aber dasselbe galt nicht für eine Frau, die an der Aufmerksamkeit eines

Mannes interessiert war. Besonders nicht für die Millard Erbin.

„Von wo hast du zugeschaut?", wollte Sully wissen, wobei seine Stimme tiefer war, als ich es je zuvor gehört hatte. Befehlend.

Ich sah mich gezwungen zu antworten und zeigte auf die Wand, an der schief ein scheußliches Gemälde einer Obstschale hing.

Sully umrundete den Tisch und nahm das Kunstwerk von der Wand, um ein kleines Loch freizulegen. Er beugte sich nach unten – es war für viel kleinere Beobachter geschaffen worden – und hielt sein Aug an das Loch. Ich konnte mir nur vorstellen, was er im Empfangsraum sah. Nach einer Minute erhob er sich und trat zur Seite, damit Parker einen Blick durch das Loch werfen konnte. Er stöhnte wegen dem, was auf der anderen Seite geschah.

Er drehte sich von dem Loch weg, sah zu mir und grinste spöttisch. „Was du gesehen hast, hat deine Neugier geweckt? Genug, um mehr als einmal zurückzukommen. Gib es zu, Schatz. Es ist keine Schande."

„Ja." Ich könnte lügen, aber es wäre sinnlos.

„Ist deine Neugier groß genug, dass du die Dinge, die du gesehen hast, ausprobieren möchtest, jetzt da du verheiratet bist?"

Ich wandte mich ab, tigerte durch den Raum, sah, dass der Kohl zu stark kochte und passte die Flamme darunter an.

„Mary", sprach mich Parker an, da meine Verzögerungstaktik offensichtlich wurde.

Ich erhob mich und drehte mich zu ihnen, meine Nerven überwältigten mich. „Ich weiß nicht, wie ich antworten soll. Egal wie, ihr werdet schlecht von mir denken."

Sully lief um den Tisch und schob dabei einen der Stühle an den Tisch. „Warum?"

Ich hob meine Hände, ließ sie wieder fallen. „Wenn ich euch erzähle, dass ich neugierig bin, dass mir gefiel, was ich sah, dann werdet ihr mich für ein leichtes Mädchen halten. Wenn ich euch erzähle, dass ich nichts davon mag, werdet ihr mich für frigide halten."

Sully überwand die restliche Distanz zwischen uns und zog mich in eine weitere Umarmung. Ich spürte sein Kinn auf meinem Kopf, seinen tiefen Atem. Ich hatte keine Ahnung gehabt, dass ein so ernster Mann jemand sein würde, der gerne kuschelte. Es fühlte sich gut an, gehalten zu werden, durch die einfache Geste Bestätigung und Trost zu erhalten.

„Du bist *nicht* frigide", widersprach er. „Du bist temperamentvoll und leidenschaftlich und der Kuss...er fühlte sich für mich nicht kalt an."

Das stimmte, er war alles außer kalt gewesen.

„Geh und schau, was in dem anderen Zimmer los ist", forderte mich Sully auf. Er drückte mich noch einmal, dann ließ er mich los.

Tief einatmend ging ich zu dem Guckloch. Ich wusste, dass es zu dem kleinen Zimmer neben dem Empfangsraum zeigte, das von Lampen erhellt wurde und mit einer Menge rotem Samt dekoriert war, um es verrucht wirken zu lassen. Auf dem Sofa lag ein Mann bequem auf seinem Rücken. Ein Knie war angewinkelt und ein Fuß ruhte auf dem Boden neben dem zerknitterten Schlüpfer einer Frau. Ich konnte sein Gesicht nicht sehen, weil Amelia darauf saß. Direkt auf seinem Gesicht! Ihre Brüste waren aus dem Korsett gehoben worden, sodass ihre Nippel entblößt waren. Ihr Kopf war nach hinten geworfen, ihre Augen geschlossen und ihre Lippen geöffnet, während der Mann seinen Mund...dort hatte. Er packte ihre Hüften und hielt sie fest, damit er ihre Pussy lecken konnte.

Ich keuchte. So etwas hatte ich noch nie zuvor gesehen.

„Ich würde das gerne mit dir tun", murmelte Parker. Er stand direkt hinter mir – ich hatte nicht gehört, dass er sich genähert hatte – und ich zuckte zusammen, zog mein Auge von dem Loch weg. Da er seine Hände links und rechts neben meinen Kopf gelegt hatte, konnte ich jedoch nirgends hingehen. In meinem Kreuz spürte ich seinen harten und dicken Schwanz.

„Beobachte weiter. Ich will, dass du genauso auf meinem Gesicht sitzt, damit ich deine Pussy lecken kann. Ich will deinen Geschmack kennenlernen, jeden Tropfen deiner Säfte schlucken. Ich will dich vor Vergnügen zum Schreien bringen."

Meine Pussy pulsierte, während ich den sinnlichen Akt beobachtete. Der Mann war geübt in dieser Tätigkeit, da sie sich auf ihm bewegte und voller Hingabe aufschrie, obwohl er ihre Hüften mit seinen Händen festhielt.

„Ich werde dein Korsett nach unten schieben, damit ich deinen plumpen Nippel in den Mund saugen kann, dann den anderen, während Parker deinen kleinen Kitzler mit seiner Zunge verwöhnt." Sully trat neben mich und flüsterte in mein anderes Ohr.

Sie sprachen, während ich weiterhin beobachtete, wie der Mann Amelia nach vorne schob, sodass ihre Hände zur Unterstützung die Sofalehne umklammerten und ihre Schenkel zitterten. Chloe hatte zugegeben, dass sie manchmal ihr Vergnügen vortäuschte. Amelia schauspielerte mit Sicherheit nicht.

„Deine Wangen sind gerötet, dein Atem geht schneller. Du willst, dass wir dich so berühren", stellte Parker fest.

Eine Hand streichelte über meinen Rücken. Ich war mir

nicht sicher, wessen Hand es war, aber es veränderte das Erlebnis, ein Paar bei einer solch sinnlichen Vereinigung zu beobachten. Ich konnte *spüren*, was ich sah. Eine Hand zupfte an meinem langen Kleid, sie wanderte immer höher, bis ich spürte, wie Finger über meinen Strumpf strichen, dann mit dessen Saum spielten und kurz meinen nackten Schenkel berührten.

Ich keuchte nicht nur wegen der Berührung, sondern auch weil die Frau in diesem Moment ihr Vergnügen hinausschrie. Meine Pussy sehnte sich nach ihrer eigenen Befriedigung.

Die Küchentür öffnete sich und der Saum meines Kleides fiel zu Boden. Sully wandte sich der Person zu, wodurch er mich abschirmte. Parker zog sich zurück. Ich drehte mich panisch um. Mein Rücken drückte gegen die Wand und ich sah zu Parker hoch. Ich fühlte mich wie ein Kind, das noch vor der Feier ein Stück Geburtstagskuchen gegessen hat. Anstatt mit mir zu schimpfen, lächelte er mich an, dann zwinkerte er. Wie nur ein Lächeln meine Anspannung lockern konnte, wusste ich nicht.

Die Person musste bemerkt haben, dass sie etwas unterbrochen hatte, denn die Schritte entfernten sich.

„Vielleicht sollten wir dich nicht auf dem Tisch mit einer Schüssel Kohl neben dir ficken", meinte Parker. „Wollen wir stattdessen nach oben gehen?"

Sully positionierte mich so, dass ich mich wieder zwischen den zweien befand. Sie hatten mich anscheinend gern in dieser Position. Ich konnte mein Begehren nicht leugnen. Ich konnte nur nicken, da die Gefühle, die mich durchfluteten, nur von diesen Männern befriedigt werden konnten.

6

ARKER

Nachdem ich die Tür hinter mir geschlossen hatte, drehte ich das Schloss um und wandte mich unserer nervösen Braut zu.

„Wenn wir im Schlafzimmer sind, lautet deine erste Aufgabe, dich auszuziehen. Heute Abend wird dir ein Aufschub gewährt."

Als sich Marys Augen weiteten und sich ihr Mund öffnete, um zu antworten, hob ich meine Hand, um sie zum Schweigen zu bringen.

„Du bist noch nicht bereit und was viel wichtiger ist, wir möchten dich selbst ausziehen."

„Das ist richtig. Du bist wie ein Weihnachtsgeschenk im August", sagte Sully und umkreiste Mary, als wäre sie seine Beute. Es war nur eine Frage der Zeit, bis er über sie herfiel. „Ich freue mich darauf, herauszufinden, was sich hinter der Verpackung verbirgt."

Das Zimmer war mit einem großen Himmelbett ausgestattet, was ziemlich vornehm für ein Bordell war. In einer Ecke befand sich ein Sessel, vor dem eine mit Samt überzogene Ottomane stand. Das einzige Fenster wurde von Brokatvorhängen gerahmt, aber das Glas selbst wurde von einem zweiten Vorhang verdeckt, der zugezogen war. Alles war dunkelrot gehalten. Dekadent und exotisch.

Jetzt wusste ich auch, warum uns Miss Rose dieses Zimmer gegeben hatte. Es war keines der Privatzimmer der Mädchen, die man buchen konnte. Es war für besondere Gäste, die gut dafür bezahlten eine Nacht in solcher Dekadenz zu verbringen. Es war ebenfalls für besondere Gäste, die Frauen gerne an die Bettpfosten banden oder sie auf allen Vieren auf der Ottomane positionierten, um ihnen entweder den Hintern zu versohlen oder sie zu zweit zu ficken. Vielleicht auch beides. Ich würde mich am Morgen bei Miss Rose bedanken müssen.

„Gibt es in diesem Raum Gucklöcher?", fragte Sully Mary.

Sie sah sich um, aber zuckte mit den Achseln. „Ich weiß es nicht. Ich war noch nie zuvor hier drin."

Sully trat hinter sie, ließ seine Hände ihre Taille entlang gleiten und weiter nach oben wandern, sodass sie ihre vollen Brüste umfassten. „Jemand könnte uns also in diesem Moment beobachten? Meine Hände auf dir sehen?"

Sie versteifte sich und versuchte, sich von ihm zu lösen, aber das drückte ihre Brüste nur noch mehr in seine Hände.

„Schh", flüsterte er. „Sie werden eine wunderschöne Frau mit ihren Männern sehen."

Er hielt sie noch eine Minute fest, um sie wissen zu lassen, wer das Sagen hatte.

Seine Hände zum Oberteil ihres Kleides bewegend

begann er, die Knöpfe auf der Vorderseite, einen nach dem anderen, zu öffnen. „*Wir* möchten dich sehen."

Ich saß auf dem Bett und beobachtete, wie ihre zarten Schlüsselbeine, die oberen Rundungen ihrer Brüste, das vornehme Korsett entblößt wurden. Sully war schnell und effizient, zog die Ärmel von ihren Armen, dann schob er den schweren Stoff ihres Kleides über ihre Hüften und ließ ihn zu Boden fallen.

Ein Seufzen entwich meinen Lippen. „Du bist ja kein bisschen weniger bekleidet als zuvor", murmelte ich unzufrieden, da Mary immer noch mehrere Schichten Unterkleider trug.

„So etwas trägt eine Frau immer", entgegnete sie und sah an sich selbst hinab.

Sully öffnete die Schleifen ihres Unterrocks, schob ihn nach unten, sodass er auf ihr Kleid fiel. Dann ihren Schlüpfer.

Ihr Korsett und Unterkleid blieben übrig.

Sully griff um sie herum und lockerte die Korsettstangen, dann warf er es zur Seite.

Mary holte tief Luft und stieß sie dann aus. Das Korsett war so eng gewesen, dass es sicherlich Abdrücke auf ihrer zarten Haut hinterlassen hatte. Alles, was jetzt noch übrig war, war ihr Unterkleid.

Es juckte mich in den Fingern, sie zu berühren, aber ich hielt mich zurück. „Wenn wir dich morgen anziehen, wirst du nur dein Unterkleid unter deinem Kleid tragen. Sonst nichts."

Sie wirkte entsetzter über die Vorstellung, nicht alle Unterkleider unter ihren Klamotten tragen zu dürfen, als über die Tatsache, dass sie nur in ihrem Unterkleid vor uns stand. Meine Worte hatten sie von der Tatsache abgelenkt, dass ihre Brüste prall gegen das fast durchsichtige

Unterkleid drückten, sich ihre rosigen Nippel zusammengezogen hatten und deutlich abzeichneten. Der Stoff war so dünn, dass ich sogar die dunklen Haare, die ihre Pussy schützten, sehen konnte.

„Ich kann nicht ohne Korsett nach draußen gehen!", protestierte sie mit lauter werdender Stimme.

Sully umfasste ihre Brüste mit seinen Händen. Sie waren groß für ihre kleine Gestalt, eine gute Handvoll. „Mmmh", murmelte er. „Du hast so einen wunderschönen Vorbau. Dann bekommst du eben ein lockeres Korsett, das dein hübsches Fleisch nicht eindrückt."

Ich war froh, dass Sully die gleichen Gedanken wie ich hatte. Marys Brüste waren schwere Tränen und es wäre unangenehm für sie, wenn sie nicht fixiert werden würden, aber sie musste trotzdem noch in der Lage sein, zu atmen.

Sully spielte weiterhin mit ihren Brüsten und ich beobachtete wie sich ihr Blick von achtsam zu erregt veränderte. Ihr Kopf fiel zurück, um sich an seine Schulter zu legen. Das Sitzen war unangenehm für mich, da mein Schwanz hart und lang gegen meine Hose drückte. Ich öffnete den Hosenschlitz, befreite ihn und begann ihn zu streicheln.

Als sie vollkommen in den Empfindungen, die Sullys Hand in ihr weckte, versunken war, konnte er das dünne Kleidungsstück hochheben, das ihren wundervollen Körper vor unseren Blicken verbarg, und es ebenfalls auf den Boden werfen.

Als ich sie nun vollständig nackt vor mir sah, stöhnte ich. Sie war atemberaubend hübsch und sie gehörte nur uns.

Ihre Nippel waren zartrosa, hart und zeigten direkt zu mir. Ihre Taille war schmal und ihre Hüften dehnten sich weit aus, waren breit und voll. Sie war kein Hungerhaken, der nur aus Haut und Knochen bestand, sondern drall gebaut. Ihre Beine waren lang und wohlgeformt. Zwischen ihnen...

Beim Anblick ihres dunklen Lockenbusches stöhnte ich wieder. Die rosa Lippen blitzten darunter auf.

„Dann wollen wir mal herausfinden, was du während deiner Besuche gelernt hast", verkündete ich, während ich mich weiterhin streichelte. „Was ist das?"

Ich hoffte, ihre Erregung würde ihre Hemmungen reduzieren und ich behielt recht. „Dein Schwanz."

Sullys Hände streichelten sie sanft. Ihre Seiten hoch, über ihren Bauch, die Außenseite ihrer Schenkel entlang.

„Und das?" Sully umfasste ihre Mitte.

„Meine...meine Pussy."

„Das ist richtig. Schauen wir mal, ob ich sie zum Schnurren bringen kann", murmelte er in ihr Ohr, während er seine Finger in sie einführte. Schon bald ritt sie diese wild und gierig nach dem Höhepunkt. Sie hatte keine Hemmungen und war sehr empfindlich, reagierte schnell, war leicht erregbar.

„Was willst du?", murmelte Sully, dessen Hand zwischen ihren Schenkeln steckte.

Mir gefiel dieser Anblick, wie seine dunkle, von Arbeit gezeichnete und große Hand ihre cremefarbenen, üppigen Schenkel spreizte.

„Ich will kommen. Bring mich zum Höhepunkt", forderte sie.

„Bist du jemals zuvor gekommen?", wollte Sully wissen.

Sie nickte, biss auf ihre Lippe.

„Durch deine Finger?", bohrte er nach.

„Ja, aber es war nicht...es war nicht wie das."

Ich lächelte, als sich ihre Stimme von erregt zu verzweifelt veränderte. „Nein, es ist besser mit deinen

Männern. Du wirst uns zeigen müssen, wie du dich selbst berührst. Später."

„Jetzt", befahl sie. „Bring mich jetzt zum Höhepunkt."

Sully zog seine Finger aus ihr und gab ihr einen leichten Klaps auf ihre Pussy. Sie keuchte und riss ihre Augen auf.

Ich schüttelte meinen Kopf. „Du sagst uns nicht, was wir tun sollen, Schatz. Du hast zwar anderen Paaren beim Ficken zugeschaut. Du hast dich vielleicht sogar selbst berührt und dein Vergnügen gefunden, aber wir kontrollieren dich jetzt."

„Wir sagen wie", erklärte Sully und schlug ein weiteres Mal zwischen ihre gespreizten Schenkel. Ihre Lippen waren dort geschwollen und rot, ihr Kitzler ragte heraus und war äußerst reaktionsfreudig. „Wir sagen wann."

Wunderbarerweise kam sie, als Sully wieder auf ihren Kitzler schlug. Ihr Körper erschauderte und ein Stöhnen entkam ihr. Ihr Körper brach in seinem Griff zusammen und er schlang eine Hand um ihre Taille, um sie aufrecht zu halten. Wir tauschten einen vielsagenden Blick aus, dann schlug Sully ein weiteres Mal auf ihre Pussy, während sie sich in seinen Armen wand. Anschließend stieß er seine Finger in sie.

„Ja!", schrie sie verloren in dem Vergnügen und erhob sich auf die Zehenspitzen.

Heilige Scheiße, Mary gefiel es, wenn man ihre Pussy schlug. Sie kam ohne einen Schwanz in sich. Sie kam, weil wir ihr erzählt hatten, dass wir sie jetzt kontrollieren würden.

„Ich spüre ihr Jungfernhäutchen", verkündete Sully, zog seine Finger aus ihr und legte sie an Marys Lippen. „Aufmachen."

Sie tat, wie befohlen und Sully schob seine zwei feuchten Finger in ihren Mund.

„Schmeck dich selbst. Du bist eine kleine Hure", murmelte er in ihr Ohr. „Kommst einfach ohne unsere Erlaubnis. Kommst, weil deine Pussy geschlagen wird. Wir sind noch nicht einmal mit unseren Schwänzen in dich eingedrungen und du bist bereits so gierig."

„Ist es nicht so, Schatz?", fragte ich und streichelte wieder meinen Schwanz. Scheiße, ihr Anblick so verloren im Vergnügen, weckte den verzweifelten Wunsch in mir, mich in ihr zu versenken. „Du bist *unsere* kleine Hure. Nur für mich und Sully."

„Vielleicht werden wir dich auch anderen vorführen, aber noch nicht. Wir sind ebenfalls gierig."

Sie keuchte jetzt, ihre Brüste hoben und senkten sich, ihre Nippel wurden vor meinen Augen weich, da ihr Körper endlich befriedigt war. Aber wir waren noch nicht fertig. Wir waren *weit* davon entfernt, fertig zu sein.

„Du bist ohne Erlaubnis zum Höhepunkt gekommen. Dafür wirst du bestraft werden."

Ein kleines Wimmern entrang sich ihrer Kehle. Sie fürchtete sich nicht vor dem Wort *bestraft*, sondern drückte Sullys Unterarm.

Er drehte sie um und zeigte auf die Ottomane. „Auf Hände und Knie, Mary. Du hast so hübsch ausgesehen, als du gekommen bist, aber du hast uns nicht gehorcht. Jetzt werden wir deinen Arsch versohlen, bis er schön pink ist."

„Aber...aber es war einfach zu gut!", widersprach sie. Dennoch lief sie zu dem gepolsterten Möbelstück, das perfekt dafür geeignet war, um zur Strafe einen Hintern zu versohlen.

„Wenn es dir gefällt, auf deine Pussy geschlagen zu werden, dann wirst du das hier lieben", versprach ihr Sully.

Während sie sich in die Position begab, wobei sie ihren

Hintern rausstreckte und ihre Brüste unter ihr schwangen, sagte ich: „Wenn sie es liebt, ist es keine Bestrafung."

Ich streichelte über ihre runden Kurven, glitt mit der Hand an einem ihrer Innenschenkel hinab. Als ich ihre Erregung, die ihre Schenkel benetzte, entdeckte, schob ich ihre Knie noch weiter auseinander. „Auf deine Unterarme."

Als sie gehorchte, berührten ihre Nippel das kühle Leder und ihr Arsch ragte nach oben. Ihre Pussy, die so pink und feucht und perfekt war, war vollständig sichtbar. Mein Schwanz sehnte sich danach, in sie zu stoßen, meine Eier zogen sich fest an meinem Körper zusammen, aber ich würde warten. Vorerst. Vorerst würde ich dieses erste Mal mit Mary genießen, herausfinden, was ihr gefiel, was sie liebte, was ihre Pussy zum Auslaufen brachte.

Daher ließ ich meine Hand auf ihren Arsch klatschen. Die Stelle färbte sich sofort rot. Sie keuchte überrascht auf, dann wurde der Laut zu einem Wimmern, als sich das Brennen ausbreitete und in Hitze verwandelte.

„Wir müssen uns vielleicht etwas ausdenken, dass nicht ganz so...erfreulich ist."

Sie schrie auf, stemmte sich auf ihre Hände und hob ihren Kopf, sodass sie zu Sully sah.

Er schüttelte seinen Kopf und befahl ihr, wieder ihre Position einzunehmen. Seine Stimme war tief und befehlend und sie gehorchte sofort.

Ich schlug ihr ein weiteres Mal auf den Po, aber auf eine andere Stelle, dann wieder eine andere. Obwohl Mary mit den Hüften wackelte, veränderte sie ihre Position nicht. Bei jedem Schlag stöhnte sie, der Laut wand sich um meine Eier und drückte sie fest.

Sully ging direkt vor ihr in die Hocke und umfasste ihr Kinn. Er küsste sie sanft. „Dir gefällt es, wenn deine Männer dir den Hintern versohlen, nicht wahr?"

Ihr Gesicht war gerötet, ihre Haut feucht. Ihre Haare, die zu einem strengen Knoten in ihrem Genick zurückgebunden waren, lösten sich aus der Frisur und klebten in langen Strähnen an ihren Wangen und Hals.

Sie schaute zu ihm, ihre Gesichter waren sich sehr nah. „Oh ja. Es...es tut weh, aber dann nicht mehr. Meine Haut ist heiß und spannt und...ich will kommen."

Sully lächelte bei Marys Geständnis. „Du bist ein gutes Mädchen, dass du uns die Wahrheit erzählst. Du hättest uns zwar etwas anderes erzählen können, aber dein Körper lügt nicht. Aber denk dran, das hier sollte eine Strafe sein und du solltest es nicht mögen."

„Ich kann es nicht...nicht mögen", gestand sie.

Sully erhob sich zu seiner vollen Größe und stellte sich neben mich. Wir nahmen uns einen Moment, um unsere jungfräuliche Ehefrau ausführlich zu betrachten, nackt und auf Händen und Knien, mit einem geröteten Hintern, der in die Höhe gestreckt wurde, ihre Pussy war geschwollen und tropfte vor Verlangen. Sie war umwerfend...und die Unsere.

„Auch wenn sie Jungfrau ist, ist sie definitiv nicht unschuldig", sagte ich zu Sully. „Vielleicht können wir unser Training jetzt beginnen."

Sie drehte ihren Kopf und sah über ihre Schulter zu uns. Ihre Haare hingen wild um ihren Kopf. „Training?"

Ich deutete auf meinen Schwanz. „Du wirst den hier aufnehmen, Schatz. In deiner Pussy, deinem Mund und deinem Hintern."

Sully öffnete seine Hose, zog seinen Schwanz heraus und ihre Augen wurden groß. „Und du wirst auch meinen aufnehmen. Zur gleichen Zeit."

Ihr Mund klappte auf, als sie zwischen unseren zwei erigierten Schwänzen hin und her sah. Ja, wir hatten sie gerade überrascht. Sully gluckste. „Du wusstest nichts davon, oder?"

Sie schüttelte ihren Kopf und leckte über ihre Lippen. Während ich ging, um das Glas Gleitmittel aus der Kommode zu holen, konnte ich mir nur vorstellen, was ihr gerade durch den hübschen Kopf ging.

7

ARY

Es fühlte sich so gut an. Wie konnte sich etwas Schmerzhaftes so gut anfühlen? Als Parkers Hand meinen Po getroffen hatte, hatte es wehgetan! Dieser scharfe, beißende Schmerz war in meine Haut gekrochen und hatte mich zum Schreien gebracht. Aber gleichzeitig hatte sich meine Pussy zusammengezogen und sich danach gesehnt, von seinem Schwanz gefüllt zu werden. Ich hatte ihn gesehen und er war groß und dick und so unglaublich hart. Größer als irgendein Schwanz, den ich je gesehen hatte. Die Männer, die ich beobachtet hatte, waren im Vergleich klein gewesen. Und weil er mir den Hintern versohlt hatte, wollte ich jetzt, dass er mich fickte.

Was für eine Person war ich nur, wenn ich so etwas wollte? Oh Gott. Bedeutete das, dass ich wie –

„Wohin sind deine Gedanken gerade gewandert?", fragte

Sully, während er meinen Rücken streichelte. „Irgendetwas hat dich plötzlich ganz steif werden lassen."

„Ich habe nur nachgedacht."

„Mmmh", murmelte Parker, „vielleicht habe ich dich nicht hart genug geschlagen, um dich alles andere vergessen zu lassen?"

Ich spannte mich wieder an.

„Mary", schimpfte Sully. „Raus mit der Sprache."

„Ich habe an Benson gedacht. Wenn es mir gefällt, dass du mir den Hintern versohlst, wenn mir der Schmerz gefällt, den du mir zufügst, würde es mir vielleicht doch gefallen, was er mit mir tun würde?"

Beide Männer knieten sich vor mich. Sully zog mich nach oben, sodass ich vor ihnen auf der Ottomane kniete.

„Benson tut Frauen gerne weh. Das verschafft ihm Vergnügen. Schmerz zuzufügen, die Male, ihre Reaktion. Ihm gefällt es, sie verletzt zu sehen."

Parker nickte zu Sullys Worten. „Wir würden dir niemals richtig wehtun. Dir hat es gefallen, dass wir dir einige Klapse verpasst haben und daher haben wir das getan. Wir haben die Kontrolle. Es bereitet uns Vergnügen, dich zu dominieren und wenn du dich unseren Befehlen unterwirfst. Du verspürst zwar Schmerzen, aber sie sind schwach und verschaffen dir ein sofortiges Vergnügen."

Ich dachte über seine Worte nach. Als Parker mir den Hintern versohlt hatte, hatte es wehgetan, aber nicht stark und der Schmerz hatte sich fast sofort in Vergnügen verwandelt. Das hatte mir gefallen. Nein, ich hatte es *geliebt*.

„Reizt dich die Vorstellung ausgepeitscht zu werden?", fragte Sully.

Meine Augen weiteten sich und ich verschränkte die Arme vor der Brust. Ich schüttelte vehement meinen Kopf.

Parker lächelte und sie nahmen jeder eine meiner

Hände in ihre. Ihre Daumen streichelten über meine Handflächen. Die Geste war sanft und tröstend.

„Das ist der Unterschied, Schatz", erklärte Parker. „Du willst es nicht, also werden wir es nicht tun. Es ist nichts, was dich glücklich macht, was dir Lust bereitet, also macht es auch uns nicht glücklich oder verschafft uns Vergnügen."

„Es gefällt euch, mir den Hintern zu versohlen?"

Sie grinsten verschlagen und blickten auf ihre Schwänze, die dick zwischen ihren Beinen hervorragten.

„Genug über Benson. Wir sind noch nicht fertig mit dir. Du musst immer noch dafür bestraft werden, dass du ohne Erlaubnis gekommen bist. Bloße Schläge auf den Hintern sind eindeutig *keine* Bestrafung."

Sully berührte meine Nasenspitze. „Ja?", fragte er.

Obwohl sie so herrisch, so dominant waren, vergewisserten sie sich, dass es mir gut ging.

Ich nickte einmal. „Ja", flüsterte ich.

„Zurück in Position, Schatz." Parkers Stimme hatte jegliche Zärtlichkeit verloren und war jetzt tief und befehlend. Der Tonfall sandte einen Schauder über meinen Rücken und ich gehorchte.

„Dann bin jetzt ich dran", stellte Sully fest und trat hinter mich. „Vielleicht ist Parker einfach zu nett."

Darüber lachte ich, aber schon kurz darauf stöhnte ich auf, als sein Finger direkt durch meine Spalte glitt und dann in mich.

Ich stöhnte, weil etwas in meiner Pussy war. Es brannte ein bisschen, da sein Finger groß und ich Jungfrau *war*.

„Sie tropft", verkündete er, bevor er seinen Finger herauszog.

Ich fühlte mich leer. Ich wackelte mit meinen Hüften und hoffte, dass er den Hinweis verstehen und seinen Finger zurück in meine Pussy führen würde.

Eine Hand klatschte auf meinen Po. Nicht härter als zuvor, nur...anders. „Wir sagen wie und wann, Schatz. Willst du meinen Finger wieder in dir haben?"

„Oh ja", stöhnte ich. Ich wollte ihn drücken, ihn in mich ziehen.

Als der Finger zurückkehrte, tat er das nicht an der Stelle, wo ich ihn erwartet hatte. Die feuchte Spitze drückte gegen die dunkelste aller Stellen. Ich versteifte mich, aber eine Hand legte sich auf meinen Hintern, während der Finger weiter kreiste.

„So wie du auf Sullys Finger an deinem engen Hintereingang reagierst, liegen wir wohl richtig mit der Annahme, dass du nie gesehen hast, wie eine Frau anal gefickt wurde?", fragte Parker.

Ich schüttelte meinen Kopf und konzentrierte mich auf die seltsamen Empfindungen, die Sullys Finger hervorrief. Er war nicht grob, sondern sanft und dennoch beharrlich. Ich ließ meinen Kopf zwischen meine Hände sinken, meine Stirn ruhte auf dem kalten Leder. Ich blickte durch meine gespreizten Schenkel und sah Sullys kräftige Beine.

Der Finger wurde herausgezogen und ich seufzte, aber dann kehrte er glitschig und kalt zurück. Dieses Mal war der Druck hartnäckiger, aber immer noch sanft. Er drückte und öffnete mich.

Ich keuchte, als er langsam in mich eindrang.

„Entspann dich. Lass mich rein. Gutes Mädchen. Noch einmal tief einatmen. Ja, genau so. Siehst du? Dein Hintern hat sich sofort für mich geöffnet."

Meine Finger krallten sich in das Leder der Ottomane, als Sully Eintritt gewährt wurde. Ich wurde gedehnt und seine Fingerspitze füllte mich. Es tat nicht weh, aber war unangenehm.

„Warum? Warum würdest du – "

Weil ich mich wunderte, warum sie einen Finger dort in mich einführen wollen würden, begann ich, sie genau das zu fragen, aber anstatt mir verbal zu antworten, zog Sully seinen Finger nur ein Stück zurück und die Stellen, über die sein Finger strich, erwachten zum Leben. Eine kribbelnde Hitze ließ mich aufschreien und das ziemlich laut.

Sully gluckste, dann führte er seinen Finger wieder in mich ein. Da ich mich danach sehnte, war ich entspannt und er glitt eine Spur tiefer als zuvor, nur um sich dann wieder zurückzuziehen.

„Ja!", schrie ich. „Oh guter Gott, ja."

Schweiß brach auf meiner Haut aus und mein Verlangen, zu kommen, steigerte sich von einer leichten Wärme zu einem brüllenden Feuer in meinem Körper.

„Das ist nur meine Fingerspitze, die deinen Hintern fickt, Schatz. Stell dir vor, es wäre mein Schwanz", befahl Sully, der langsam seinen Finger rein und raus bewegte.

„Ich werde kommen", warnte ich ihn. Es war wie eine Dampflok – unaufhaltsam.

„Oh nein", widersprach Parker. „Deine Bestrafung ist, dein Vergnügen zurückzuhalten. Du darfst nicht kommen. Sully wird dir zehn Schläge verpassen und du wirst jeden zählen."

Seine Hand traf meinen Hintern und ich hörte das laute Klatschen, bevor ich das Brennen spürte. Aber mein Gehirn registrierte das nicht so sehr wie seinen Finger in meinem Hintern, der sogar noch tiefer glitt. Ich stöhnte laut und verzweifelt auf. Warum fühlte es sich so gut an?

„Zähle, Mary", befahl Sully.

„Eins", hauchte ich und rieb meine heiße Wange an dem Leder.

Klatsch!

Sullys Finger zog sich fast vollständig aus meinem

Hintern zurück und ich sah bunte Lichter hinter meinen Augenlidern tanzen.

„Zwei!"

Klatsch!

Sein Finger drang noch tiefer in mich ein.

Ich zählte Schlag um Schlag. Sully bewegte seinen Finger in meinem Hintern rein und raus, Schlag um Schlag.

Mein Körper wollte verzweifelt kommen. Das Verlangen loszulassen, sich der puren Glückseligkeit hinzugeben, beherrschte all meine Gedanken. Es war ein schmerzhaftes Vergnügen. Süßer Schmerz, der meine Brustwarzen hart werden und meinen Kitzler schmerzen ließ. *Komm nicht. Komm nicht. Komm nicht.*

Ich zählte und zwang mein Verlangen gerade so weit zurück, dass ich kurz vorm Höhepunkt stand, als ich „zehn" wimmerte.

Sully zog seinen Finger vollständig aus mir.

„Nein! Bitte, nein", schrie ich. Ich wollte nicht, dass sein Finger aufhörte.

Mit einem Arm um meine Taille hob mich Sully in seine Arme, während ich beobachtete, wie sich Parker auf die große Ottomane legte, sein Kopf und Rücken ruhten bequem darauf, seine Schenkel lagen flach auf der Ottomane und seine Knie waren abgewinkelt, sodass seine Füße auf dem Boden standen. Sein Schwanz zeigte direkt zur Decke, klare Flüssigkeit quoll aus dem schmalen Schlitz.

Sully setzte mich so hin, dass sich meine Knie links und rechts von Parkers Taille befanden und meine Pussy direkt über seinem Schwanz schwebte.

„Zeit, dass du dich uns hingibst", sagte Parker, der seinen Schwanz in der Hand hielt. Er streichelte sich, das Fleisch war rot und geschwollen und wirkte wütend.

„Jemals eine Frau gesehen, die den Schwanz eines Mannes ritt?"

Ich nickte und biss auf meine Lippe.

„Senk dich auf Parkers Schwanz", befahl mir Sully. „Nimm ihn schön tief auf."

Ich beugte meine Knie, spürte die breite Spitze gegen meine Pussy stupsen und über meine feuchte Spalte reiben. Ich veränderte meine Lage, dann senkte ich mich und sein Schwanz stupste gegen meinen Eingang.

„Er ist so groß", murmelte ich, als ich spürte, wie meine Schamlippen geteilt wurden. Mein Hintern kribbelte von Sullys Finger und mein Körper sehnte sich so verzweifelt danach zu kommen. Die Vorstellung, dass mich sein großer Schwanz füllen und mein Jungfernhäutchen zerreißen würde, war nicht einmal furchteinflößend.

„Das bin ich, Schatz. Ich werde dich ganz ausfüllen", grinste Parker.

Ich drückte mich auf ihn und er glitt einen köstlichen Zentimeter nach dem anderen in mich. Er dehnte mich, füllte mich und ich keuchte.

„Ah, da ist sie, die letzte Barriere zwischen uns", knurrte er.

Ich zuckte bei dem scharfen Schmerzensbiss zusammen, als sein Schwanz gegen die dünne Membran stieß.

„Es ist an der Zeit, dich zu der Meinen zu machen. Zu der Unseren."

Sully trat hinter mich, legte eine Hand sanft auf meine Schulter, während ich wieder seinen glitschigen Finger an meinem Hintern spürte. Die Kombination des Schwanzes, der halb in mir war und mich reizte und Sullys Finger ließen mich zittern.

„Wenn wir dich füllen, hast du die Erlaubnis zum

Höhepunkt zu kommen", murmelte Sully. Ich sah Parker über meine Schulter zu Sully blicken.

Parker legte seine Hände auf meine Hüften und stieß nach oben, während er mich nach unten zog. Zur gleichen Zeit glitt Sullys glitschiger Finger nach oben und in meinen Hintern.

Der Schmerz, als Parkers Schwanz mein Jungfernhäutchen durchbrach und meine Pussy öffnete, das heiße Brennen meines Pos und Sullys Finger tief in meinem Arsch verbanden sich zu einem Wirbel schmerzhaften Vergnügens, das so strahlend hell war, dass ich weiße Funken hinter meinen Augenlidern sah. Da kam ich, mein Rücken wölbte sich und mein Kopf warf sich hin und her, ein Lustschrei entrang sich meiner Kehle. Ich konnte es nicht zurückhalten. Ich konnte nichts zurückhalten. Ich wand mich und bebte, keuchte und schrie, während ich kam.

Nichts, *nichts* hatte mich darauf vorbereitet, wie sich das anfühlte. Ich war verloren, wurde im Sturm hin und her geworfen. Ich konnte es nicht kontrollieren, konnte mich an nichts festhalten, aber ich wusste, ich war in Sicherheit. Parkers Hände, die meine Hüften packten und Sullys Hand auf meiner Schulter waren meine Anker, hielten mich an Ort und Stelle und erlaubten mir mich gehenzulassen, weil ich wusste, dass sie mich auffangen würden. Sie würden mich beschützen.

Langsam kehrte ich zu mir zurück. Die Männer verharrten regungslos, als ich kam, Parkers Schwanz pochte und pulsierte in mir, Sullys Finger war beharrlich und tief in mir.

Meine Augen öffnend blickte ich hinab auf Parker. Seine Wangen waren gerötet, seine Halsmuskulatur angespannt.

„Das, Schatz, ist eine Strafe."

Ein spitzbübisches Grinsen breitete sich auf seinem Gesicht aus und ich konnte nicht anders, als zu lächeln.

„Du wirst bestraft werden, wenn du ungehorsam bist, aber wir versprechen, dass wir dich danach belohnen werden."

Ich fiel auf seine Brust, der Stoff seines Hemdes kratzte über meine empfindlichen Brustwarzen. „Ich bin so müde", murmelte ich.

„Oh nein, das wirst du nicht tun." Mit sanften Händen drückte er mich zurück, sodass ich wieder aufrecht auf ihm saß. Sein Schwanz regte sich in mir.

„Jetzt ist Parker an der Reihe, Mary", sagte Sully. „Nimm seinen Schwanz auf einen Ritt."

Sullys Finger war nach wie vor in mir und ich drückte ihn. Beide Männer stöhnten. In diesem Moment fühlte ich mich mächtig. Befriedigt, verschwitzt und wunderbar mächtig.

Über meine Schulter blickend sah ich zu Sully. „Aber... aber dein Finger."

Er hob seine Augenbrauen und grinste teuflisch. „Gewöhn dich daran, dass etwas deinen Arsch füllt."

Was genau meinte er damit?

„Aber – "

„Wissen wir, was das Beste für dich ist?", fragte er.

„Ja, aber...etwas dort, oft?"

Er zog seinen Finger leicht zurück, dann stieß er ihn in mich, seine anderen Finger drückten gegen meinen geschundenen Hintern.

„Ja." Das war alles, was er zu diesem Thema sagte. „Fick Parkers Schwanz."

Ich wollte mich bewegen, da meine Pussy so begierig war. Also drückte ich mich auf meine Knie und erhob mich. Parkers Schwanz glitt über meine inneren Wände und ließ mich aufkeuchen. Zur gleichen Zeit zog ich mich auch von Sullys Finger, aber nicht vollständig. Ich war immer noch für ihn geöffnet.

Ich senkte mich langsam und spürte, wie sie tief in mich eindrangen.

Ich warf meinen Kopf nach hinten, als das Vergnügen zurückkehrte. Ich verspürte keinen Schmerz, kein Unbehagen vom Verlust meiner Jungfräulichkeit. Ich wusste nicht, warum ich nach meinem ersten Orgasmus noch mehr Vergnügen wollte, aber mein Körper war warm und schwerelos und wieder bereit. Mein Kitzler rieb über Parkers Unterleib und ich bewegte und wand mich, während meine beiden Löcher gefüllt wurden.

„Lass los und genieße. Komm, wann immer du willst."

Auf Sullys Erlaubnis hin begann ich mich zu bewegen. Ich erinnerte mich an die Huren, die ich dabei beobachtet hatte, wie sie Männer auf diese Weise gefickt hatten und jetzt wusste ich, warum sie es so sehr genossen hatten. Aber keine von ihnen hatte jemals einen zweiten Mann gehabt, der einen Finger tief in ihren Hintern steckte, sodass sie in beiden Löchern befriedigt wurde. Es war dunkel und animalisch und falsch und dennoch fühlte es sich wundervoll an.

Sully und Parker dachten wegen meines lüsternen Verhaltens nicht schlechter von mir. Tatsächlich hatten sie es mir aufgedrängt, hatten mich dazu gedrängt, es zu entdecken und das ungewöhnlichste aller Verlangen zu genießen.

Das war alles vergessen, als Instinkt und der Wunsch nach einem weiteren Orgasmus, mein Denken übernahmen. Ich hob und senkte mich, fickte mich selbst auf Parkers Schwanz. Seine Finger gruben sich in meine Hüften, aber er erlaubte mir, mich so zu bewegen, wie ich es brauchte. Sullys Finger war beharrlich und glitt jedes Mal tief in mich. Die Empfindungen, die erzeugt wurden, wenn ich mich auf dem knubbeligen Finger hob und senkte, stießen mich über die Klippe.

Ich kam wieder, drückte sie, meine inneren Wände kontrahierten und pulsierten.

Während ich kam, stoppten meine Hüften die Bewegung und ich brach zusammen. Da übernahm Parker, hob und senkte mich, während seine Hüften nach oben stießen. Jetzt benutzte er mich für sein eigenes Vergnügen. Sein Atem kam abgehackt und keuchend, sein Rhythmus war unregelmäßig, da sein Verlangen die Kontrolle übernahm. Ich spürte, wie er in mir anschwoll und dicker wurde, bevor er so tief in mich stieß, dass ich spürte, wie er gegen meine Gebärmutter drückte. Als er kam, stöhnte er. Da kam ich ebenfalls zu einem sanften, rollenden Höhepunkt, der mich überschwemmte, während sich sein heißer Samen in mich ergoss.

Dieses Mal, als ich nach vorne auf seine Brust fiel, schlang er seine Arme um mich und streichelte meinen feuchten Rücken.

Während Parker wieder zu Atem kam, lag ich schlaff und erschöpft auf ihm. Sully zog seinen Finger sanft heraus und ich wimmerte. Ich hörte, wie er sich seiner Kleidung entledigte und sah sie neben mir zu Boden fallen.

Das Geräusch von Haut, die über Haut streichelte, ließ mich meinen Kopf leicht drehen und ich beobachtete, wie ein nackter Sully seinen sehr gierigen Schwanz streichelte.

„Sully ist dran, Schatz", murmelte Parker. „Schau dir seinen Schwanz an. Er braucht dich. Er braucht deine Pussy."

Parker packte mich, während er sich aufsetzte, dann

drückte er mich so auf meinen Rücken, wie er gerade gelegen hatte.

Er erhob sich und steckte seinen verbrauchten Schwanz zurück in seine Hose.

Sully trat an den Rand der Ottomane, ergriff meine Knöchel und zog mich über die Ottomane nach unten, sodass sich mein Hintern am Rand befand. Die wunde Haut kribbelte bei der Berührung mit dem kühlen Leder.

Auch wenn er stark war, war Sully immer sanft mit mir umgegangen. Selbst sein Finger war schon auf fast zärtliche Art und Weise in meinen Hintern eingedrungen. Aber jetzt, jetzt hielt er sein inneres Biest nur noch mit allerletzter Kraft zurück. Sein Körper war schweißbedeckt. Sein Gesicht war gerötet, seine Lippen zu einer dünnen Linie zusammengepresst. Die Venen an seinen Schläfen pulsierten und von seinem Schwanz tropfte Flüssigkeit auf den Holzboden.

Ihn so zu sehen, erregte mich ungemein. Ich hatte ihn in diesen Zustand versetzt. Der Richter hatte zwar vor Sully Angst gehabt, aber ich war diejenige, die den Gesetzlosen auf seine niedersten Bedürfnisse reduzierte.

„Zieh deine Knie zurück. Weiter. Halte sie so."

Ich positionierte mich so, wie es Sully befahl. Mir gefiel sein scharfer Tonfall und zu tun, was er wollte. Ich wusste jetzt, dass er zwar mit mir tun würde, was er wollte, aber dass ich ebenfalls kommen würde. Dessen war ich mir sicher.

Er legte ein Knie auf den Boden, dann das andere, sodass er zwischen meinen gespreizten Schenkeln kniete. So befand er sich auf der perfekten Höhe, um seinen Schwanz an meine Pussy zu führen. Ohne Vorwarnung drang er in einem langen Stoß in mich ein. Er füllte mich tiefer als Parker, wenn das überhaupt möglich war.

Vielleicht war es der Winkel, vielleicht war es, weil sein Schwanz länger war, aber ich spürte jeden dicken Zentimeter.

Er nahm mich hart, sein Verlangen war so groß. Die Augen auf meine Pussy gerichtet beobachtete er, wie sein Schwanz in mir verschwand und aus mir glitt, benetzt mit einer Mischung aus meiner Erregung und Parkers Samen.

„Wir sind jetzt eins, Mary. Deine Pussy, Parkers Samen, mein Schwanz. Ich werde dich auch füllen. Unsere Samen werden die ganze Nacht lang aus dir tropfen und dich schön feucht machen, damit wir dich wieder nehmen können."

Während er in mich stieß, erzählte er mir, was er tun würde, wie er mich ficken würde, wie Parker mich nehmen würde.

Parker kniete neben der Ottomane und umfasste meine Brüste, spielte mit ihnen, zog an den Brustwarzen. Sully hörte unterdessen nicht auf. Ich bog meinen Rücken vom Polster und umklammerte meine Knie, als Sully kam und mich zu einem letzten Orgasmus brachte. Wie bei Parker spürte ich, wie mich sein Samen füllte, spürte, wie die heißen Strahlen meine Pussy auskleideten. Ich war von beiden markiert worden und ich liebte dieses fast schon neandertalerähnliche Konzept.

Unsere tiefen Atemzüge waren das Einzige, was wir hören konnten. Der Duft von Sex hing dick und schwer in der Luft. Ich war verschwitzt und klebrig, fühlte mich wund und benutzt und…gut gefickt.

Als sich Sully aus mir zurückzog, spürte ich, wie ihre vermischten Samen aus mir zu tropfen begannen.

Sullys Hand umfasste meine Pussy. „Das ist ein umwerfender Anblick, Schatz. Deine Pussy ist ganz geschwollen und gut benutzt, unser Samen tropft heraus."

Parkers Finger gesellten sich zu Sullys, sodass sie

gemeinsam ihren Samen auf mir verrieben und zurück in mich drückten. „Wir wollen nicht, dass du auch nur einen Tropfen verlierst."

Parker lächelte mich an, während ihre Hände über meine intimste Stelle wanderten. „Und du hast gedacht, du wärst nicht bereit."

8

ARY

Ich lag mit geschlossenen Augen in einer Wanne im Waschraum, die mit dampfendem Wasser gefüllt war. Die Seifenstücke und Öle, die sich in einem Kupferkörbchen befanden, das an der Seite der Kupferwanne hing, verströmten einen Duft nach Rosen. Kupfer. Höchstwahrscheinlich aus der Mine meines Vaters.

Das Bordell war so früh am Morgen ruhig. Alle Kunden waren befriedigt und nach Hause geschickt worden, alle Frauen schliefen, um sich von der arbeitsreichen Nacht zu erholen. Es war die perfekte Zeit, um meine neuen Schmerzen zu lindern. Nicht genau Schmerzen, aber ich war definitiv wund. Ich konnte das Grinsen, das sich auf meinem Gesicht ausbreitete, nicht unterdrücken, als ich mich daran erinnerte, wie genau ich zu diesem Zustand gekommen war.

„War es so gut?"

Ich öffnete meine Augen und sah Chloe vor mir im Türrahmen stehen. Sie trug nur ein einfaches weißes Unterkleid und einen Schal um ihre Schultern. Sie grinste mich an und wackelte mit den Augenbrauen.

„Es war...besser als gut." Ich suchte nach einem passenden Adjektiv, aber es gab keines. Ich war mir sicher, dass nicht einmal meiner Lehrerin ein angemessenes Wort für die Gefühle eingefallen wäre, die eine Frau empfand, nachdem sie von zwei Männern gefickt worden war.

Chloe trat in den Raum und schloss die Tür hinter sich, wobei sie sich Mühe gab, die Tür so leise wie möglich zu schließen.

„Ich bin erstaunt, dass dich deine Männer überhaupt aus den Augen gelassen haben."

Ich schnappte mir ein Stück Seife, spielte damit und ließ es durch meine Finger rutschen. „Sie haben sich natürlich geregt."

„Natürlich", kicherte sie und setzte sich auf einen kleinen Hocker, indem sie ihre Knie bis zur Brust zog. Ihre roten Haare waren zu einem dicken Zopf geflochten, der über ihre Schulter fiel und von einem einfachen blauen Band am Ende zusammengehalten wurde.

„Aber sie hatten Verständnis für mein Interesse an einem Bad."

„Ich wette das hatten sie. Du hast das Glück anscheinend für dich gepachtet. Nicht nur ein hübscher Cowboy, sondern zwei. Und Schütze Sullivan im Bett." Sie seufzte. „Ich wette seine Waffe ist *gewaltig*."

Ich verdrehte meine Augen bei ihrer Anspielung.

„Dieser andere Mann, Benson? Ich kenne noch einen Grund, warum du ihn nicht hättest heiraten sollen."

Bei der Erwähnung seines Namens rutschte ich hin und

her, sodass das Wasser gegen den Wannenrand schwappte.
"Oh?"

"Einer meiner Männer letzte Nacht war sein Vorarbeiter." Chloe lief zur Wanne, beugte sich nach vorne und legte ihre Hand an den Mund, als würde sie mir ein Geheimnis erzählen. "Die Mine, es gibt kein Kupfer. Die Ader ist versiegt."

Meine Augen weiteten sich. "Versiegt?"

Ich konnte es nicht fassen. Der Mann verschleuderte Geld, als käme es aus einer Quelle und er könne es einfach aus dem Boden pumpen. Wenn seine Mine versiegt war, verhielt er sich zumindest kein bisschen so, als würde er in Schwierigkeiten stecken.

Sie biss auf ihre Lippe, dann nickte sie. "Genug von diesem kleinen Arsch. Erzähl mir alles über letzte Nacht."

Ich ließ eine Blase an der Wasseroberfläche zerplatzen. "Was?"

"Mary Millard", begann sie, dann kicherte sie wieder, "ich meine, Mary Sullivan, letzte Nacht warst du noch Jungfrau und dein erstes Mal war mit *zwei* Männern. Ich war noch nie mit zwei Männern zusammen und ich bin eine billige Hure in Butte."

Ich blickte sie aus schmalen Augen an. "Du bist viel mehr als eine billige Hure", tadelte ich sie.

"Und wie ich bereits sagte, war ich nie mit zwei Männern zusammen." Sie beugte sich eifrig und mit geröteten Wangen nach vorne. "Ich will alle Details wissen."

"Ich weiß nicht, was ich dir erzählen soll, da ich keinen Vergleich habe."

Chloe dachte nach. "Stimmt. Dann werde ich dir Fragen stellen, die du mir beantworten musst."

Ich war mir nicht sicher, wie viel ich erzählen wollte. Es

war eine Sache, andere Leute bei ihren sexuellen Eskapaden zu beobachten, eine völlig andere, mich über meine eigenen auszulassen, egal wie geringfügig sie auch sein mochten.

„Zu allererst, du bist nicht länger Jungfrau, richtig?"

„Das ist richtig." Das war eine einfache Frage. Ich hatte zwei dominante, potente Männer geheiratet. Es bestand keine Chance, dass ich meine Hochzeitsnacht verbracht hatte, ohne dass die Ehe vollzogen worden war.

„Haben sie dich beide gefickt?"

Ich konnte meine Brüste unter dem Wasser sehen. Meine Brustwarzen waren weich, aber ich erinnerte mich daran, wie hart sie gewesen waren, als Parker erst eine, dann die andere in seinen Mund genommen hatte.

„Ja."

„Gemeinsam?" In ihrer Frage lag Erstaunen.

Ich schüttelte meinen Kopf. Ich hatte meine Haare mit einigen Nadeln auf meinem Kopf aufgetürmt, aber einige Locken schwangen trotzdem um mein Gesicht und Hals. „Sie sagten, ich wäre nicht bereit und dass ich trainiert werden müsste."

„Mmh", erwiderte sie nachdenklich.

„Chloe." Ich hatte eine Frage an sie, aber Angst davor, sie zu stellen. Dennoch holte ich tief Luft, denn sie war vielleicht die *einzige* Person, die ich fragen konnte. „Wenn wir schon dabei sind...was bedeutet es, trainiert zu werden?"

Sie streckte ihre Beine vor sich aus. „Deine Männer sind rücksichtsvolle Liebhaber. Sie wollen deinen Arsch ficken, aber er ist wahrscheinlich richtig eng."

Ich sah kurz zu ihr, dann wieder weg. Ich nickte verlegen, da mir dieses Gespräch über einen solch privaten Teil meines Körpers schrecklich unangenehm war, aber ich wollte, dass sie weitererzählte.

„Dein Arsch – nicht du – muss trainiert und langsam gedehnt werden, damit er einen Schwanz aufnehmen kann, ohne dass es dir wehtut."

„Oh." Ich dachte an Sullys Finger und wie er ihn verwendet hatte, um mich zu *trainieren*.

„Wie werden sie das tun?", fragte ich, wobei ich nichts von Sullys Finger verlauten ließ. *Das* würde ich nicht erzählen.

„Oh, nun ja, mit Stöpseln."

Ich runzelte die Stirn, da ich an den Stöpsel am Boden der Wanne dachte.

Sie erhob sich und ging zur Tür. „Bin gleich zurück!"

Sie war weg, bevor ich mich überhaupt fragen konnte, wohin sie ging. Ich seifte meinen Körper ein, dann schöpfte ich mit meinen Händen Wasser über meine Schultern, um mich abzuwaschen. Ich beendete gerade meine Waschung, als Chloe zurückkehrte und wieder die Tür hinter sich schloss. Sie hielt ein kleines Objekt hoch.

„Das ist ein Stöpsel." Sie wackelte mit den Augenbrauen.

Es sah aus wie ein... „Ist es ein Sockenstopfer?"

Sie schüttelte ihren Kopf und kicherte wieder. „Nein, Dummerchen. Es gehört in deinen Arsch. Siehst du, wie er an der Spitze schmal ist und dann breiter wird? Das dehnt dich, dann wird er wieder schmal. Das hier ist der Teil, der rausschaut und ihn an Ort und Stelle hält."

„Ist das deiner?"

Sie sah mich an, als ob ich nicht ganz richtig im Kopf wäre. „Natürlich nicht. Wir haben einen Zimmermann, der sie für das Bordell herstellt. Der war in einer Schachtel, die gerade erst geliefert wurde."

Meine Kinnlade klappte allein bei der Vorstellung herunter und ich presste meine Pobacken bei dem Gedanken, dass dieses Ding in mich gesteckt werden würde, zusammen. „Ich habe nie...ich meine, niemand hat jemals einen von denen verwendet, wenn wir zugeschaut haben."

Sie legte einen Finger an ihre Lippen. „Ich erinnere mich nicht daran, dass ich mit dir beobachtet habe, wie jemand Analverkehr hatte oder auch nur Analspielchen praktiziert hat. Und selbst wenn wir es beobachtet hätten, hätten sie keinen von denen benutzt, weil sie erfahren gewesen wären und keine Hilfe gebraucht hätten."

Das ergab Sinn.

„Dann – " Ich wollte ihr noch eine Frage stellen, aber ein Klopfen unterbrach mich.

„Mary."

Chloe sah zu mir.

„Das ist Sully."

„Willst du, dass ich ihn reinlasse?", flüsterte sie.

„Als ob ihn irgendetwas davon abhalten würde reinzukommen?", antwortete ich.

Chloe öffnete die Tür und Sully trat ein. Er war wieder angezogen, sein Hemd war allerdings nicht in die Hose gesteckt und seine Füße waren nackt. Mit seinen zerzausten dunklen Haaren und den Barstoppeln auf seinem Kiefer wirkte er wild und sah unglaublich gut aus.

Als er mich in der Wanne sah, wurden seine Augen schmal und Begehren blitzte in ihnen auf. Aus seiner Höhe konnte er mich komplett sehen. Ich war zwar letzte Nacht noch Jungfrau, aber ich kannte diesen Blick. „Ich wollte nur nach dir sehen."

„Chloe und ich haben uns nur unterhalten."

„Was ist das?", fragte er und deutete auf den Stöpsel in Chloes Hand.

Ihre Augen weiteten sich und sie sah leicht panisch zu mir. Ich wusste ihre Sorgen um mich zu schätzen, da unser

Gespräch vertraulich gewesen war. Jetzt war unser Gespräch allerdings nicht länger ein Geheimnis.

„Es...es ist ein Analstöpsel", murmelte sie.

„Ist es deiner?", fragte er.

Chloe schüttelte ihren Kopf, aber warf ihm nicht den spöttischen Blick zu, mit dem sie mich bedacht hatte, als ich dieselbe Frage gestellt hatte. Sie schien ein wenig Angst vor Sully zu haben oder zumindest vor dem Schützen Sullivan. „Nein, er stammt aus der Lieferung des Zimmermanns."

„Ah, gut. Das nenne ich exzellentes Timing. Kann ich ihn haben?"

Nach einem kurzen Blick zu mir reichte sie Sully den Stöpsel. Er wirkte so klein in Sullys großer Hand, aber ich konnte mir nicht vorstellen, wie er in *mich* passen sollte.

„Bist du fertig?", fragte er mich.

Ich nickte, da das Wasser kalt wurde und der Raum voll.

Er sah sich um, nahm ein Handtuch von einem Haken an der Wand und kam zu mir. Ich erhob mich, wodurch Wasser von mir tropfte. Es war seltsam, vor ihm nackt zu sein, aber nach letzter Nacht wäre es dumm, sich deswegen zu schämen. Sully reichte mir eine Hand und ich trat aus der Wanne, dann wickelte er das Handtuch um mich.

Während er das tat, erzählte er: „Parker ist wach und wir sollten gehen, bevor es zu spät wird. Aber zuerst werden wir deine Pussy rasieren. Jetzt da wir dieses Geschenk von Chloe haben, werden wir auch mit deinem Arsch-Training beginnen."

Mein Mund klappte auf, während ich das Handtuch fest an mich drückte. „Wie bitte?", fragte ich. Hatte er rasieren gesagt?

Er ging zu dem Schränkchen mit Glastüren, öffnete die Tür, entdeckte einige Rasierwerkzeuge und drehte sich um.

„Rasieren?", quiekte ich.

Ich warf einen Blick zu Chloe, die nur auf ihre Unterlippe biss. „Ich werde...ähm, ich werde euch zwei oder drei", sie kicherte wieder, „erst mal allein lassen und mich später verabschieden."

Sie schlüpfte aus der Tür und ich war mit Sully allein.

„Rasieren?", wiederholte ich.

In seinen Händen stapelten sich ein gerader Rasierer, ein kurzer Lederstreifen, um ihn zu schärfen und ein Rasierbecher, ein Pinsel mit einem Eisengriff lag oben auf. Dazu noch der Stöpsel. Oh meine Güte.

„Ja, wir werden deine Pussy rasieren."

Ich runzelte die Stirn. „Aber wozu?"

Er ging zur Tür, öffnete sie, spähte ihn den Flur, dann zurück zu mir. Ein dunkler Schimmer lag in seinen Augen und sein Mundwinkel hob sich. „Weil ich diese süße Pussy lecken möchte und ich will, dass sie schön glatt ist."

„Lecken?"

„Komm. Parker wartet auf uns. Nach deiner Rasur können wir deinen engen, kleinen Arsch mit diesem äußerst hübschen Stöpsel vertraut machen."

„Ich will nicht rasiert werden", gestand ich. „Und dieser...dieser Stöpsel wird nicht in mich passen."

Er ergriff meinen Ellbogen und zog mich den Flur entlang in unser Zimmer. Dort schloss er die Tür mit seiner Hüfte hinter sich.

Parker saß auf einer Seite des Bettes und zog gerade einen Stiefel an. Er betrachtete mich, wie ich nur in einem Handtuch vor ihnen stand.

Dann erhob er sich, kam zu mir und küsste mich. Sobald sein Mund meinen berührte, waren alle Gedanken vergessen. Seine weichen Lippen strichen über meine, einmal, zweimal. Dann vertiefte er den Kuss, seine Zunge umspielte meine. Seine Hände packten meine Oberarme und mir wurde ganz warm, dieses Mal nicht vom Badewasser. Meine Pussy zog sich bei dem Gedanken daran, zu was ein Kuss führte, zusammen.

Als Parker endlich seinen Kopf hob, stellte ich fest, dass das Handtuch zu meinen Füßen lag und ich vollständig nackt vor ihnen stand.

„Sie will nicht rasiert werden", informierte Sully Parker.

Parker hob eine Braue. „Oh? Warum nicht?"

Die Antwort war meiner Meinung nach einfach.

„Warum sollte ich?", entgegnete ich.

Da grinste er, kurz bevor er mich hochhob und auf das Bett legte. Er stand an der Seite und umfasste mit seinen Händen meine Schenkel, dann zog er mich zum Bettrand. Er platzierte einen meiner Füße auf der weichen Decke, dann den anderen, bevor er sich vor mich kniete. Ich stemmte mich auf meine Ellbogen und sah an meinem nackten Körper hinab zu ihm. Sein Kopf befand sich direkt vor meiner Pussy.

Er senkte seinen Kopf und legte seinen Mund auf mich. Dort!

„Oh meine Güte", keuchte ich.

Seine Zungenspitze glitt durch meine Spalte, dann nutzte er seine Daumen, um meine Schamlippen auseinanderzuziehen, während seine Hände auf meinen Innenschenkeln lagen. Mit mehr Eifer als Sanftheit leckte er mich. Über meinen Kitzler, jeden Millimeter meiner Schamlippen, dann meinen Eingang.

Ich wölbte ihm meine Hüften entgegen, damit er weitermachte, aber er hob seinen Kopf und grinste. Mit seinem Handrücken wischte er sich über den Mund, der feucht war von...oh. Er war feucht von meiner Erregung.

„Das ist der Grund, warum wir dich rasieren möchten." Parker hielt seine Hand hoch und Sully reichte ihm den

Rasierpinsel. „Warte einfach. Du wirst schon sehen. Vertrau uns, dir wird es gefallen. Du wirst es sogar lieben."

„Aber alle Haare?", fragte ich. Mussten sie alle weichen?

Parker zupfte mit einem nachdenklichen Blick an meinen kurzen Locken. „Ich werde hier einige übrig lassen. Ein kleines helles Dreieck, das direkt zu meiner – "

„Unserer", korrigierte ihn Sully.

„Unserer perfekten Pussy zeigt."

Ich war mir nicht sicher, ob ich darüber dankbar sein sollte oder nicht.

„Chloe hat uns auch das hier gegeben." Sully zeigte Parker den Stöpsel, damit der ihn betrachten konnte und ich lief dunkelrot an.

„Sully", wimmerte ich.

Nachdem er den Rasierbecher neben meinem Schenkel auf dem Bett abgelegt hatte, nahm ihn Parker entgegen und musterte ihn. Aus dieser Nähe konnte ich erkennen, dass er aus dunklem Holz bestand, das glatt geschliffen worden war. Er *war* groß, aber nicht viel größer als Sullys Finger.

Mit einer federleichten Berührung streichelte Parker über meinen Kitzler, dann glitt er tiefer, noch tiefer und sogar noch tiefer, bis zu meinem Hintereingang. Sein Finger kreiste und drückte leicht gegen mich. „Wenn du rasiert bist, werden wir den Stöpsel hier einführen. Dein Training beginnen. Du willst uns beide nehmen, oder, Schatz? Einen in deiner heißen, kleinen Pussy und einen in deinem jungfräulichen Hintern."

„Bleib für Parker still sitzen, Mary, und wenn er fertig ist, wenn deine Pussy kahl ist und dein Hintern gefüllt, werden wir dich zum Höhepunkt kommen lassen", versprach Sully. „Du darfst entscheiden, ob es Parkers Mund oder mein Schwanz tun soll."

Oh meine Güte.

9

ULLY

DAS BORDELL ZU VERLASSEN, wo es ein gutes Bett und eine sehr befriedigte Frau gab, fiel mir sehr schwer. Miss Rose hatte Pferde für uns organisiert, die gesattelt auf uns warteten, um uns nach Bridgewater zu bringen. Wir waren nur mit dem nötigsten Proviant losgeritten, aber Bridgewater war nur einige Stunden entfernt und wir erreichten es – ohne Zwischenfälle – zur Mittagszeit. Natürlich war ich den gesamten Weg über hart, weil ich an Marys Pussy mit dem kleinen Büschel blonder Haare dachte, an meinen Samen, der aus ihr tröpfelte und an das dunkle Ende des Stöpsels, der ihre Pobacken teilte. Es war unangenehm so zu reisen. Ich wollte Mary direkt zu unserem Haus bringen und sie mindestens für eine Woche nackt im Bett behalten, um das Verlangen nach ihr zu befriedigen. Aber wir mussten annehmen, dass Benson nicht lockerlassen würde, was Mary betraf.

Er kannte von mir nicht mehr als meinen Nachnamen, weshalb es einige Zeit dauern würde, bis er mich fand, auch wenn er eine Menge Geld für diese Aufgabe einsetzen würde. Deswegen hatten wir etwas Zeit, zumindest ein paar Tage, aber wir würden unsere Freunde nicht in Gefahr bringen. Sie mussten wissen, was höchstwahrscheinlich auf uns zukommen würde, damit die Frauen und Kinder in Sicherheit und ein Plan vorhanden war, um Benson ein für alle Mal aus dem Weg zu räumen.

Deswegen lenkten wir die Pferde von unserem eigenen Haus weg und gingen stattdessen zu Ian und Kanes Haus, wo sich alle, die nicht arbeiteten, zum Essen trafen. Es gab zwar einige überraschte Gesichter, als wir Mary als unsere Frau vorstellten, aber jeder freute sich. Sie war von den Damen und Mason in die Küche gezerrt worden, der beim Kochen half. Als wir erwähnt hatten, dass Mary eine Millard war, hatten wir uns hinter verschlossenen Türen in Kanes Büro niedergelassen. Keiner von uns hatte Angst vor Benson, aber er war eine echte Bedrohung.

„Er will Mary", erklärte ich der Gruppe. Neben Parker und Kane hatten sich uns auch Andrew, Robert und Brody angeschlossen. Wir stammten zwar nicht aus dem gleichen Land, aber waren alle erfahrene Militärmänner. Ein reiches Arschloch war ein Ärgernis, um das man sich kümmern musste.

„Das bedeutet, dass er dich loswerden will", stellte Kane fest. „Und ich meine damit nicht, dass er dich aus dem Territorium vertreiben will."

Sein englischer Akzent schnitt die Worte ab. Er war, gemeinsam mit Ian, der Erste gewesen, der geheiratet hatte. Emma war ihre Ehefrau und sie hatten ein kleines Mädchen, Ellie.

Kane und Ian hatten gemeinsam mit einigen anderen

britischen Armeesoldaten Bridgewater gegründet. Einer ihrer befehlshabenden Offiziere hatte eine Frau ermordet und Ian das schreckliche Verbrechen angehängt. Anstatt sich der sozialen und politischen Ungerechtigkeit eines englischen Prozesses zu stellen – es stand das Wort eines Schotten gegen das eines adligen Briten – waren sie nach Amerika geflohen, um ein einfaches Leben zu führen.

Das war genau das, was ich wollte. Ein einfaches Leben, aber dann hatte ich Mary geheiratet.

„Wenn du tot bist, kann er sie heiraten und seine Mine mit der ihres Vaters zusammenschließen", fuhr Kane fort. „Oder was auch immer sein Plan ist."

„Geld. Das ist definitiv der Grund hinter dem Ganzen." Parker verschränkte seine Arme. „Er weiß nichts von mir oder zumindest weiß er nicht, dass sie auch zu mir gehört."

Ich lehnte mich an die Wand und starrte die anderen Männer an. „Das bedeutet, wenn ich sterbe, wird Parker sie vor dem Gesetz zu der Seinen machen", sagte ich.

„Reggie Bensons ist ein gemeiner Mistkerl", entgegnete Robert. Er lehnte am Tischrand und seine Finger strichen über seinen Bart. „Ich habe ihn nie kennengelernt, aber sein Ruf eilt ihm voraus."

Andrew schüttelte seinen Kopf. „Das Minenunglück letztes Jahr hätte verhindert werden können, aber er hat sich einen Dreck darum geschert."

Es hatte einen Zusammenbruch in Bensons Mine gegeben, da dieser nicht genug Holz zur Verfügung gestellt hatte, um die Wände zu stützen. Ein Schacht war eingebrochen und vier Bergarbeiter gestorben. Innerhalb eines Tages hatte er sie mit fünf anderen Männern ersetzt, die genauso wie die Männer im Zug gewesen waren – sehnsüchtig nach einem Neustart. Für Benson waren sie entbehrlich.

„Du hast, was er will", fügte Andrew hinzu. „Er wird dich allein aus Prinzip verfolgen."

Kane schüttelte seinen Kopf, legte seine Finger aneinander und lehnte sich in seinem Schreibtischstuhl zurück. „Er wird nicht selbst vorbeikommen. Er wird Männer schicken. Ein Mann wie er macht sich seine Hände nicht schmutzig."

Ich stieß mich von der Wand ab. „Er ist hinter Marys Ehemann her, nicht speziell mir. Er weiß nicht, mit wem er es zu tun hat."

Parker lachte. „Das stimmt. Er hat keine Ahnung, dass er es mit dem Schützen Sullivan aufnimmt."

Ich schüttelte meinen Kopf über den Spitznahmen. „Ich will einfach nur ein ruhiges Leben."

Das war mein Mantra und ich wiederholte es immer wieder.

Brody lachte. „Du hast Mary Millard zur Frau genommen. Eine Erbin wie sie bringt nun einmal... Komplikationen mit sich."

„Und sie ist alles andere als ruhig", fügte Parker hinzu und richtete seinen Schwanz. Er dachte wahrscheinlich daran, wie gern sie im Bett schrie. Miss Roses wissendes Lächeln heute Morgen, als wir uns verabschiedet hatten, war ein klarer Hinweis darauf gewesen, dass unsere Handlungen nicht unbemerkt geblieben waren.

„Und Laurel war weniger kompliziert?", fragte Andrew Brody. Obwohl weder Parker noch ich auf Bridgewater gelebt hatten, als Laurel, Brodys und Masons Frau, in einem Schneesturm gefunden worden war, kannten wir die Geschichte. Sie hatte einen reichen Vater wie Mary gehabt – allerdings nicht *so* reich wie Marys – und er hatte vorgehabt, sie mit einem schrecklichen Mann zu verheiraten. Es war eine gefährliche Zeit für sie gewesen, aber diese lag jetzt hinter den dreien.

Brody grinste und schüttelte seinen Kopf. „Obwohl dieses Problem gelöst ist, ist sie immer noch alles andere als einfach."

„Für Emily oder Elizabeth war es auch nicht einfach", fügte Kane hinzu, womit er sich auf zwei andere Frauen der Ranch bezog.

Parker kam zu mir und schlug mir auf die Schulter. „Wir haben alle…stürmische Frauen gewählt."

Die Männer nickten und tauschten einen verschwörerischen Blick aus. Wir Bridgewater Männer schätzten unsere Frauen, aber waren auch sehr dominante Liebhaber und gaben unseren Frauen, was sie brauchten, nicht immer was sie wollten. Genauso wie den Analstöpsel heute Morgen. Mary hatte zuerst Widerstand geleistet und war dann bemerkenswerterweise zum Höhepunkt gekommen, als ich ihn langsam in ihr bewegt und den engen Muskelring trainiert hatte, sodass er sich entspannte und öffnete.

„Denk dran, es geht hier nicht um dich", meinte Kane. „Es geht darum, dass Benson dich besiegen will. Wie du gesagt hast, weiß er nicht, dass du der Schütze Sullivan bist. Er denkt, du bist nur der Mann, der seine Braut gestohlen hat."

„Das ist Mary", sagte ich. „Unsere gestohlene Braut. Wir haben also einen Plan gegen seine zu erwartende Vergeltung?", fragte ich.

Die Männer nickten, da wir über dreißig Minuten damit zugebracht hatten, einige Optionen durchzugehen und als Gruppe eine Entscheidung gefällt hatten, wie wir Benson beseitigen konnten.

„Der Plan ist gut", sagte Andrew. „Die Frage ist nur, wird eure Frau es verstehen?"

MARY

„Sully und Parker", begann Laurel und sah mich mit einer Mischung aus Staunen und Bewunderung an. „Sie sind ein ziemlich beeindruckendes Duo. Und auch noch gutaussehend."

„Laurel", warnte Mason sie.

Als wir in Bridgewater angekommen waren, hatte ich nicht gewusst, was mich erwarten würde. Sully und Parker hatten mir auf dem Ritt erzählt, dass es eine Ranch war, die von einer Gemeinschaft geführt wurde – und sich langsam zu einer kleinen Stadt entwickelte – in der jeder zu deren Erfolg und Wachstum beitrug. Da regelmäßig weitere Freunde hinzu kamen, wurde zusätzliches Land gekauft und neue Häuser gebaut. Familien gegründet. Die neueste bestand aus Sully und Parker, da sie mit mir zurückgekehrt waren. Wenn sie mich weiterhin so fickten wie bisher, würden wir in ungefähr neun Monaten unsere eigene Familie haben.

Die Bridgewater Leute waren überrascht von unserer Ehe gewesen, aber nach dem zu schließen, was sie mir erzählt hatten, war ich nicht die Erste, die hier ankam und mit zwei Bridgewater Männern verheiratet war. Emma war – erstaunlicherweise – auf einer Auktion von Ian und Kane gekauft und direkt im Anschluss geheiratet worden. Elizabeth war eine Versandbraut für einen gemeinen Mann gewesen und stattdessen auf betrügerischem Weg mit Ford und Logan verheiratet worden. Ann hatte Robert und Andrew auf einem Schiff geheiratet. Alle Ehen, von denen sie mir erzählt hatten, waren schnell geschlossen worden und hatten eine recht turbulente Hintergrundgeschichte.

Was mich betraf, so verarbeitete *ich* immer noch die Überraschung, verheiratet zu sein, sowie die unentwegte Aufmerksamkeit zweier Männer zu haben. Ich war überrascht, dass sie zugelassen hatten, dass ich in die Küche entführt wurde, wo das Mittagessen zubereitet wurde.

Mir war berichtet worden, dass die Mahlzeiten gemeinsam eingenommen, in Emmas Haus gekocht und serviert wurden. Als wir angekommen waren, wurden wir alle einander vorgestellt, aber weil die Gruppe so groß war, fürchtete ich, dass es eine Weile dauern würde, bis ich mir alle Namen merken konnte. Da ich die Neue war, stellten sie mir ständig Fragen über mich und dann über meine Männer. *Meine Männer.*

„Interessierst du dich jetzt für die Aufmerksamkeit anderer Männer, Frau?", fragte Mason Laurel. „Andere Männer, die von Mary beansprucht wurden?" Während er seine Frau musterte, schnitt er ein Huhn auf einer großen Platte. Drei Hühner mussten vorbereitet werden und er verrichtete seine Arbeit zügig.

Laurel lächelte ihn süß an. Er lachte mit dem Messer in der Hand. „Dieser Blick sorgt nur dafür, dass dir der Hintern versohlt wird, Liebes."

Hintern versohlt? Laurel wurde auch der Hintern versohlt?

Sie wackelte mit den Augenbrauen. „Ich weiß."

Nach ihrer Antwort zu schließen, schien es ihr zu gefallen...und sie wollte es. Genau wie ich. Es hatte mich zuerst überrascht, als Parker mir den Hintern versohlt hatte, aber es hatte mir gefallen. Nein, ich hatte es geliebt, wie seine Hand auf meinen Po geklatscht war. Ich hatte die Aufmerksamkeit, die ich erhielt, geliebt. Ich hatte es geliebt, wie sich all meine Gedanken verflüchtigt hatten und ich mich nur noch auf Parker und seine Berührung konzentriert hatte. Auf Sully und seine verdorbenen Worte.

Ein Baby wimmerte in der Wiege unter einem offenen Fenster. Laurels Aufmerksamkeit verschob sich sofort, sie ging zur Wiege und hob ein Baby heraus.

„Erzähl uns von dir, Mary. Nicht von deinen Männern", bat Emma. Sie saß am Tisch und auf einem besonderen Stuhl neben ihr ein Baby. Das kleine Mädchen schlug ihre winzigen Handflächen auf den Tisch und beobachtete, wie eine grüne Bohne auf den Boden fiel. Ein brauner Hund, der schlauerweise darunter saß, verschlang sie sofort. Das Baby kicherte natürlich über den Hund.

„Falls ihr es noch nicht gehört habt, ich bin eine Millard."

Alle Erwachsenen im Raum – Emma, Mason, Laurel, Ann und Rachel oder war es Rebecca? – nickten.

„Die Ranch ist wie eine Kleinstadt, Neuigkeiten verbreiten sich schnell."

„Hier gibt es keine Geheimnisse", erklärte Ann. Sie half gerade ihrem kleinen Sohn dabei, seine Hände abzuwischen. Anscheinend aßen die Kinder vor den Erwachsenen, zumindest heute. Es war schwer, sich kein Hühnerbein zu schnappen und daran zu knabbern, da es so gut roch und ich ziemlich ausgehungert war.

Laurel lachte. „Mmmh, wie kann es Geheimnisse geben, Mason, wenn du und Brody mich auf der vorderen Veranda ficken?"

Mason hob seinen Kopf von seiner Arbeit und grinste. „Du hast dich wie ein zänkisches Weib verhalten und hast es gebraucht. Wenn du diesen Ton beibehältst, wird dir dort draußen", er deutete zur Hintertür, die zur Veranda führte, „der Hintern versohlt, während alle essen."

Das Lächeln auf Laurels Gesicht verblasste und sie wirkte zerknirscht. Mason zwinkerte ihr zu, dann widmete er sich wieder dem Hühnchen.

Ich konnte nicht sagen, ob das Duo Witze machte oder nicht. Mason würde ihr auf der hinteren Veranda von Emmas Haus den Po versohlen, wo jeder sie sehen – und hören – konnte?

„Ja, ich merke schon, dass hier jeder alles weiß", erwiderte ich und dachte daran, dass ich meine Männer fragen musste, wo sie mir den Hintern versohlen würden, wenn sie es für nötig befinden sollten. „Meinem Vater gehört eine der Kupferminen in Butte. Meine Mutter starb, als ich noch klein war und er war nicht der...liebevollste Vater. Ich wurde zu einer Dame der Gesellschaft erzogen und letztendlich wurde von mir erwartet, dass ich eine vorteilhafte Verbindung eingehe."

Mir wurden ein eingekerbter Löffel und eine große Schüssel gereicht und ich wurde in die Richtung des Herdes verwiesen. „Danke – "

„Rebecca", sagte die Frau.

„Ja, Rebecca." Ich drehte mich zum Herd und begann, kleine rote Kartoffeln aus dem dampfenden Wasser zu fischen und sie in die Schale zu legen. „Es ist zwar nicht Boston oder New York, aber in Butte ist die Gesellschaft dennoch wichtig. Genauso wie das Geschäft. Mein Vater traf mit Mr. Benson eine Geschäftsvereinbarung und ich war die Tauschware."

„Ich kenne Benson. Er ist...nicht sehr nett", meinte Mason und unterbrach das Zerschneiden des Hühnchens.

Ich konnte mir nur vorstellen, was er gesagt hätte, wenn er seine Worte nicht gezügelt hätte.

„Das ist jetzt nicht mehr wichtig, weil ich mit Sully...und Parker verheiratet bin." Ich übersprang die Details bezüglich des Bordells, denn wie sollte ich das alles erklären, ohne wie eine Hure oder absolut verrückt dazustehen? Auch wenn alle sehr aufgeschlossen wirkten, war ich nicht bereit, all meine Geheimnisse Preis zu geben.

„Sully und Parker, sie sind ein ziemlich beeindruckendes Duo", sagte Laurel und kehrte damit zum Beginn unseres Gesprächs zurück.

Ich dachte an Parker und Sully, als ich die Kartoffeln in die Schüssel gab. Ich war mir nicht sicher, ob mich der Dampf oder die Gedanken daran, was sie heute Morgen mit mir gemacht hatten, von neuem heiß machten. Ich rieb meine Beine aneinander, spürte meine rasierte Pussy, feucht und glatt ohne Haare. Meine Erregung und ihre Samen bedeckten meine Weiblichkeit, meine Schamlippen und ich nahm es jetzt viel intensiver wahr. Sogar meinen Arsch. Oh Gott. Sully hatte den Stöpsel, den er Chloe abgenommen hatte, mit etwas bedeckt und vorsichtig in mich eingeführt.

Ich hatte mich auf den Knien befunden und meine Wange ins Bett gepresst, während er sich Zeit gelassen hatte. Ich hatte schweratmend gekeucht und mich nach hinten gedrückt, mich entspannt, als er mich gelobt hatte.

So ein braves Mädchen. Atme. Ja, drück nach hinten. Ah, du öffnest dich so schön. Sieh nur, wie gut du dich dehnst. Denk daran, dass unsere Schwänze in dich eindringen, wie es sich anfühlen wird, wenn wir dich hier nehmen.

Als der Stöpsel endlich in mir saß, war ich auf dem Bett zusammengebrochen, während ich mich an die seltsame Empfindung des fremden Objektes gewöhnt hatte. Ich fühlte mich offen und gefüllt. Außer dem fühlte ich mich... kontrolliert. Ich gehörte ihnen mit Haut und Haaren. Ich sollte es hassen, da Benson mich sicherlich kontrolliert hätte, wenn wir geheiratet hätten. Das war allerdings anders gewesen. So anders, dass ich von Sullys Zuwendungen zum Höhepunkt gekommen war. Die Männer waren darüber überrascht gewesen und anstatt mich zu bestrafen, hatten sie mich gelobt.

Aber, das war nicht alles gewesen. Der Stöpsel hatte sich zwar in mir befunden, aber Sully hatte verkündet: „Wir sind nicht fertig, Schatz. Das Training hat gerade erst angefangen."

Das Klappern eines Löffels riss mich aus meinen Gedanken. Ich spürte jetzt *alles*, einschließlich meines wunden Hinterns. Parker hatte den Stöpsel aus mir gezogen, bevor wir das 'Briar Rose' verlassen hatten, aber ich spürte immer noch die Nachwirkungen ihrer Bemühungen. Ich spürte alles intensiver, weil ich keinen Unterrock oder Schlüpfer trug. Nichts trennte mich dort unten von der Luft. Absolut gar nichts. Sie könnten einfach meine Röcke hochheben und... Da errötete ich. Der Dampf war definitiv nicht der Grund dafür.

Ich fragte mich, was sie als nächstes mit mir vorhatten. Mason hatte erzählt, dass er und Brody Laurel auf ihrer vorderen Veranda gefickt hatten – wo sie jeder hätte sehen und hören können – weshalb ich hoffte, dass meine Ehemänner das nicht tun würden. Aber als wir zu ihrem Haus – unserem Haus – gingen, wusste ich, dass sie mir keine Atempause geben würden.

10

ARKER

Wir behielten Mary für eine Woche in unserem Haus. Nackt. Die einzige Zierde, die ihr erlaubt wurde, war ein Stöpsel in ihrem Hintern und unser Samen auf ihren Schenkeln. Eine Woche, in der wir sie gut beschäftigten, während wir auf Neuigkeiten warteten, damit wir unseren Plan, Benson ein für alle Mal zu beseitigen, in die Tat umsetzen konnten.

Quinn und Porter waren mit ihrer Frau Allison nach Butte gereist. Während sie dort waren, würden sie das Theater und andere Angebote einer Großstadt genießen und gleichzeitig ein Auge auf Benson haben. Keiner von den dreien war zuvor in der Stadt gewesen und stellte daher keine Bedrohung für Benson dar oder eine Verbindung zu Sully. Nach sechs Tagen schickten sie schließlich die Nachricht, dass Benson Sully auf den Fersen war. Wir behielten recht, er hatte Handlanger bezahlt, um die

Aufgabe für ihn auszuführen und sie waren auf dem Weg nach Bridgewater.

Das Klopfen an der Tür ertönte, als wir gerade mit Mary im Schlafzimmer waren. Sie ritt auf Sully, ihre Hände umklammerten das hölzerne Kopfende des Bettes, ihr Arsch wurde von einem Stöpsel, der viel größer war als der, den Chloe ihr gegeben hatte, gedehnt und gefüllt. Durch ein sanftes Vorgehen war sie während der letzten Tage in der Lage gewesen, einen Stöpsel, der zwei Nummern größer war, aufzunehmen und sie war fast bereit dafür, dass wir sie gleichzeitig nahmen. Auch wenn Sully und ich uns danach sehnten, hatten wir es nicht eilig. Ich liebte es, ihren Gesichtsausdruck zu beobachten, während wir ihr neue Dinge beibrachten. Sie war so unersättlich wie wir, kein bisschen gehemmt und *sehr* empfindlich, leicht zu erregen und zum Höhepunkt zu bringen.

Ich zog eine Hose an und ging zur Eingangstür. Marys Keuchen und Stöhnen folgte mir durch den Flur, während Sully ihr schmutzige Dinge ins Ohr raunte.

Kane nahm seinen Hut ab und trat ein. Als das Geräusch einer Hand, die auf nackte Haut traf, zu uns getragen wurde, hob Kane eine Augenbraue. Als Mary aufschrie, grinste er.

„Ich störe."

„Sully kann sich eine Weile allein um sie kümmern."

„Ja!", schrie Mary, wobei ihre Stimme verzweifelt und atemlos klang.

Ich verrückte meinen harten Schwanz in der Hose und grinste schamlos.

„Dann werde ich mich kurzfassen. Porter hat sich gemeldet. Bensons Männer sind auf dem Weg hierher. Ich habe die anderen bereits informiert. Wir brechen in zwei Stunden auf."

Ich nickte zufrieden, weil es endlich an der Zeit war, sich um Benson zu kümmern, auch wenn ich nicht allzu begeistert war, Mary in diesem Moment zu verlassen. Andererseits waren wir immer hart und begierig nach ihr, also gab es nie einen guten Zeitpunkt, um sich von ihr zu trennen. Sully hatte ein einfaches Leben gewollt und hoffentlich konnten wir zur Ranch zurückkehren und für den Rest unseres Lebens in Frieden ficken, wenn Marys Probleme mit Benson bald geklärt waren – oder Bensons Probleme mit Sully. Wir mussten das beenden.

„Wer bleibt hier?", fragte ich. Die Frauen würden beschützt werden.

„Dash und Connor, sowie Mason. Quinn und Porter kehren heute Nachmittag mit Allison zurück."

„Gut."

Da schrie Mary auf und zwar nicht vor Schmerz.

„Zwei Stunden?", fragte ich, da ich erpicht darauf war, die Tür hinter Kane zu schließen und zu meiner Frau zurückzugehen.

„Machen wir drei draus." Kane schlug mir auf die Schulter und verließ das Haus allein.

Als ich zum Schlafzimmer zurückkehrte, fand ich Mary mit geschlossenen Augen und schweißbedeckter Haut im Bett vor. Ihre hellen Haare lagen durcheinander auf den Kissen und sie versuchte, zu Atem zu kommen. Sully saß am Bettrand und zog an seiner Hose. Er hob als unausgesprochene Frage seine Augenbraue und ich nickte zur Antwort.

Er erhob sich, schloss die Knöpfe. Auch wenn er das Aussehen eines gut befriedigten Mannes hatte, hatte sich sein Fokus auf Benson verschoben.

„Mary", sprach ich sie mit sanfter Stimme an.

Sie sah so zufrieden und gut befriedigt aus und ich

wusste, dass meine nächsten Worte ihr die Stimmung verderben würden. Zur Hölle, ich wollte es für keinen von uns verderben. Sie glitt mit einem Bein über die Laken und zog es dann angewinkelt nach oben. Wusste sie, dass ihre nackte Pussy jetzt für uns geöffnet war? Wusste sie, dass sie wunderbar rosa, geschwollen und mit einer dicken Schicht von Sullys Samen überzogen war? Wusste sie, dass der Griff des Stöpsels in ihrem Arsch ihre Pobacken so einladend spreizte?

Falls sie es wusste, war sie eine Femme Fatale und ihr würde der Hintern versohlt werden.

„Mmh?", erwiderte sie.

„Wir müssen dir etwas sagen." Sullys Stimme war nicht so sanft wie meine – das war sie nie – und sie öffnete ihre Augen.

„Benson schickt Männer hierher, die Sully aufspüren sollen", erzählte ich ihr. Es gab keine Möglichkeit, die Botschaft schön zu reden.

„Was? Jetzt?"

Sie erhob sich auf ihre Hände und Knie und riss ihre Augen verängstigt weit auf. Sie rutschte ein wenig herum, sodass der Stöpsel nicht unangenehm für sie war. Ihre Brüste schwangen hübsch unter ihr und ich sehnte mich danach, sie mit meinen Händen zu umfassen.

„Komm her, Schatz. Über meinen Schoß und ich werde den Stöpsel entfernen."

Ich machte Anstalten, um mich zu setzen und sie hielt ihre Hand hoch, um mich aufzuhalten.

„Ein Stöpsel in meinem Hintern ist nicht das, an was ich gerade denke. Du hast gesagt, dass Mr. Benson wegen Sully hierherkommt...was wird er dann tun? Mich wegbringen?"

Wir schüttelten beide unsere Köpfe.

„Nein." Sully stemmte seine Hände in die Hüften, senkte

seinen Kopf. „Du hast für ihn keinen Wert, solange du mit mir verheiratet bist."

Mary wirkte nachdenklich, biss auf ihre Lippe. „Er ist hinter dir her."

Sully nickte einmal.

„Du wirst mit den Frauen hierbleiben. Mason und einige andere Männer werden zurückbleiben, um euch zu beschützen."

Ihre Augen verengten sich. „Ihr werdet mich hierlassen?"

Sie hatte sich an ihre Nacktheit gewöhnt, aber ich bezweifelte, dass sie jetzt überhaupt daran dachte, wie sie auf unserem Bett sitzend aussah mit ihren vollen Brüsten und ihrer nackten Pussy. Das sorgte nur dafür, dass mir meine Antwort um einiges leichter über die Lippen kam.

„Zur Hölle, ja."

„Aber – "

Sully verschränkte die Arme vor der Brust. „Wir beschützen, was uns gehört. Und das bist du. Du wirst hierbleiben, wo wir uns keine Sorgen um dich machen müssen, damit wir uns um Benson kümmern und zu dir zurückkehren können."

„Ja, aber – "

„Willst du, dass wir dich nochmal ficken, bevor wir gehen, oder sollen wir dich lieber bestrafen?", fragte Sully in dem gleichen Tonfall, den er angenommen hatte, bevor er Mary vorhin übers Knie gelegt hatte.

„Ich habe kein Mitspracherecht?"

„In dieser Sache?", fragte ich. Auf keinen verdammten Fall. „Nein. Es ist unsere Aufgabe, unser Privileg, uns darum und um Benson zu kümmern. Ein für alle Mal."

„Wie lange werdet ihr weg sein?"

Ich setzte mich neben sie und zog sie auf meinen Schoß,

wobei ich darauf achtete, sie so zu platzieren, dass der Stöpsel sie nicht störte. Ich legte ihren Kopf unter mein Kinn und genoss ihre Sanftheit, ihre Weichheit. Ich wollte das, ich wollte *sie* ohne Komplikationen, ohne Sorgen, die über unseren Köpfen baumelten.

Das, sie zu halten, war Friede. Es war einfach, ruhig. Perfekt.

„Wir werden sie von Bridgewater weglocken, weshalb das Zusammentreffen nicht heute stattfinden wird. Ich schätze mal drei, vier Tage."

Ihre Hand streichelte abwesend über meinen Bauch. Sie hatte mich zuvor scharf gemacht, aber nicht so wie jetzt. Zu manchen Zeiten konnte sie eine kleine Femme Fatale sein. Jetzt war keiner dieser Zeitpunkte. Dennoch machten mich ihre Zärtlichkeiten hart. *Alles* an ihr machte mich hart.

„Du wirst bei Laurel und Mason bleiben."

Ich streichelte ihr seidiges Haar, das wild zerzaust war und über ihren Rücken und meinen Schenkel hing.

„In Ordnung", gab sie nach.

Erleichtert küsste ich ihren Scheitel.

„Wir haben noch ein paar Stunden. Kane war beeindruckt davon, wie hart du gekommen bist. Glaubst du, du kannst auch für mich so schreien?"

Sie spannte sich in meiner Umarmung an. „Er hat es gehört?", fragte sie besorgt.

„Mmhm."

Mit zwei Fingern hob ich ihr Kinn an, damit sie mir in die Augen sah. „Nur für dich?", fragte sie.

„Für mich und Sully. Während wir weg sind, wirst du die Stöpsel selbst einsetzen müssen."

Ihre Stirn runzelte sich.

„Wenn wir zurückkommen, werden wir dich erobern."

„Gemeinsam", fügte Sully hinzu.

„Das stimmt. Auf deinen Rücken, die Beine weit gespreizt." Ich half ihr, sich in die Position zu begeben und verdammt, ich wollte so gern, zwischen ihre Schenkel rutschen und sie ficken. Aber das konnte warten.

„Zieh den Stöpsel raus und wir werden dir den nächstgrößeren geben. Du wirst ihn einschmieren und selbst in dich einführen. Du wirst ihn bis zum Mittagessen tragen, dann wieder, wenn du zu Bett gehst."

Sully musste etwas in ihren Augen gesehen haben, da er sagte: „Wir werden es wissen, Schatz. Wenn wir zurückkommen, werden wir mühelos einen Finger in dich stecken können, um es zu überprüfen, dann unsere Schwänze."

Sully hielt den neuen Stöpsel hoch, der länger und dicker war, als der, der sich momentan in ihr befand, und ein Glas Gleitmittel. „Wenn du den neuen Stöpsel schnell einsetzt, werden wir mehr Zeit haben, dich zu ficken, bevor du gehst."

„Ihr...ihr wollt, dass ich es selbst tue?"

„Ja, wir müssen wissen, dass du es in unserer Abwesenheit tun kannst", entgegnete Sully. „Dann werden wir dich ficken. Es wird so wunderbar eng sein."

„Und ich will dich mindestens zweimal schreien hören, damit ich an dein Vergnügen denken kann, während ich weg bin", fügte ich hinzu, da ich wusste, wie lang die Nächte auf dem Weg werden würden. An sie zu denken, würde helfen.

Ich setzte mich auf eine Seite neben Mary, Sully auf die andere und wir spreizten ihre Knie und beobachteten, wie sie sich um ihr Arsch-Training kümmerte. Als sich ihre Nippel aufrichteten und ihre Haut rötete, wusste ich, dass es alles andere als eine lästige Pflicht für sie war.

11

Mary

In dieser Nacht lag ich wach im Bett und dachte an meine Männer. Sie würden sich irgendwie Mr. Bensons angeheuerten Männern nähern, sie von Bridgewater weglocken und dann aus dem Hinterhalt überfallen. Wie das Mr. Benson zu der Entscheidung bringen sollte, dass er mich nicht länger als Ehefrau wollte, überstieg meinen Verstand. Der Mann würde nicht aufhören, bis Sully tot und ich Witwe war und dadurch wieder verfügbar für eine Ehe. Wenn Sully und die anderen die Männer, die ihn suchten, töteten, würde Benson einfach mehr schicken. Die Zahl an Männern würde nicht abreißen.

Es würde kein Ende geben. Keinen Frieden und Ruhe, die sich Sully wünschte. Ich wollte einfach nur, dass Sully und Parker hatten, was sie wollten. Anders als Mr. Bensons Wünsche war das keine greifbare Sache, es war nichts, das man kaufen konnte. Es war eine Lebensweise und ich sehnte mich auch danach. Ich brauchte kein Geld, ich brauchte einfach nur meine Männer.

Es gab nur einen Weg, um Mr. Benson zu stoppen. Die Idee kam mir, als ich die Schatten anstarrte, die über die Wand von Laurels zusätzlichem Schlafzimmer tanzten. Die zarten Vorhänge im Fenster bewegten sich in der Sommerbrise und fingen das Leuchten des Mondes auf. Ich war allein in einem fremden Bett in einem fremden Haus. Ich hatte mich daran gewöhnt, ein Bett mit zwei großen Männern zu teilen, die ganze Nacht lang gehalten und zwischen zwei warme Körper gepresst zu werden. Jetzt fühlte ich mich allein. Selbst in der warmen Nacht war mir kühl. Ich sehnte mich nach meinen Männern.

Ich hatte nicht darüber nachgedacht, was mir Chloe an jenem Morgen im Waschraum des Bordells über Mr. Bensons Mine erzählt hatte. Sully war reingekommen, hatte uns unterbrochen und mich dann mit einem Rasierer und einem Anal-Stöpsel bekannt gemacht. Zu sagen, dass meine Gedanken anderweitig beschäftigt gewesen waren, wäre eine gewaltige Untertreibung. Aber jetzt, da sie den ganzen Tag weggewesen waren, hatte ich Zeit zum Nachdenken gehabt.

Mr. Bensons Mine war versiegt. Es gab kein Kupfer mehr. Das bedeutete, es gab auch kein Geld mehr, keinen verschwenderischen Lebensstil. Kein Wunder, dass er mich wollte. Er wollte mein Geld und letzten Endes die Mine meines Vaters. Dort gab es keinen Kupfermangel. Die Ader war gut. Tief.

Dass ich mit Sully verheiratet war, bedeutete für Mr. Benson, dass die Mine meines Vaters für ihn unerreichbar war. Er war verzweifelt. Das wiederum bedeutete, er würde nichts unversucht lassen, um mich in die Finger zu bekommen. Er würde Sully nicht am Leben lassen. Je mehr

Zeit verging, desto verzweifelter würde er werden. Sicher, er könnte eine andere Erbin finden, aber ich war die Einzige in Butte, die unverheiratet war – oder gewesen war – und im heiratsfähigen Alter.

Lillian Seymour war sechsundvierzig und hatte sieben Kinder. Wenn ihr Ehemann starb, könnte Mr. Benson sie heiraten, aber seine Absichten wären offensichtlich. Die Frau war nicht gerade hübsch und sieben Kinder?

Dann gab es noch Olive Morris, aber sie war zwölf. Ich bezweifelte, dass Mr. Benson sechs Jahre, ja nicht einmal sechs Monate würde warten können.

Ich war seine einzige Chance.

Ich wusste, wie ich das ein für alle Mal beenden konnte. Und das nicht mit Hilfe von Sully. Auch nicht mit Hilfe angeheuerter Handlanger. Es gab eine Person, die die Wahrheit erfahren und die Geschäftsvereinbarung verhindern musste. Meinen Vater.

Ich musste nach Butte gehen. Ich musste meinen Vater aufsuchen und ihm von Mr. Bensons Mine erzählen. Dann könnte ich mein Leben mit meinen Männern leben, ohne dass Angst oder Gefahr wie das Schwert des Damokles über unseren Köpfen hing. Und einer meiner Männer war in Gefahr. Sie hatten zwar gesagt, dass es ihre Aufgabe sei, mich zu beschützen, aber es war meine Aufgabe, sie zu retten. Ich wusste, wie ich Sully retten konnte und ich konnte nicht einfach mit diesen Informationen bei Laurel und den anderen Frauen sitzen und nichts tun.

Butte war nur einige Stunden entfernt. Ein einfacher Ritt für ein Pferd mit einer leichten Reiterin. Niemand verfolgte mich. *Ich* war nicht diejenige, die in Gefahr war. Ich musste mir nur etwas einfallen lassen, wie ich von hier verschwinden konnte. Mason, Quinn, Porter und die anderen Männer waren sehr wachsam. *Unglaublich* wachsam. Ich drehte mich auf die Seite, zog die Decke um mich und dachte nach. Als die Sonne aufging, der Himmel grau wurde, dann ein perfektes Pink annahm, hatte ich einen Plan.

SULLY

„Was zum Henker meinst du damit, sie ist weg?"

Ich war verschwitzt und müde und dreckig und ich wollte einfach nur noch meine Frau sehen und in sie eintauchen. Aber nein. Nein, meine Frau hatte eine Nachricht hinterlassen, in der sie schrieb, sie sei nach Butte gegangen.

Butte!

Ich hatte Parker mit den Pferden in den Ställen zurückgelassen, um zu Masons Haus zu gehen und Mary abzuholen. Wir standen auf seiner Veranda und ich blickte nach Süden, als ob ich sie und diese gottverdammte Stadt von hier sehen könnte. Wenn ich sie erst wieder zurückhatte, würden wir nie wieder einen Fuß in diese Stadt setzen. Scheiße.

Mason kratzte sich am Kopf und wirkte zugleich wütend und verdattert. „Sie kam zum Frühstück, aß mit uns, als ob alles in bester Ordnung wäre. Sie vertraute mir an, dass ihr sie damit beauftragt hättet, ihren Hintern zu trainieren und sie ein wenig Privatsphäre bräuchte."

Ich war nicht schockiert, dass Mason von Marys Aufgabe während unserer Abwesenheit wusste. Ich war schockiert, dass sie Mason davon erzählt hatte. Auch wenn sie bei Parker und mir völlig hemmungslos war, war sie sehr schüchtern, wenn es darum ging, mit anderen über das zu reden, was wir trieben. Dass Kane sie neulich morgens gehört hatte, als sie gekommen war, hatte sie zutiefst beschämt.

Jeder auf der Ranch wusste, dass wir fickten. Jeder auf der Ranch wusste, dass wir mit Hingabe fickten. Das taten wir alle. Wir versohlten Hintern und saugten, leckten und fickten unsere Frauen. Wir trainierten sogar ihre Ärsche, weil nicht nur wir guten Analsex mochten, sondern auch unsere Frauen. Wir alle mochten es insbesondere, unsere eigene Frau zur gleichen Zeit zu ficken.

Das war etwas, das wir mit Mary noch vor uns hatten, aber ich hatte gehofft, es heute tun zu können. Jetzt nicht mehr.

Jetzt musste ich nach Butte gehen, um meine Frau zurückzuholen.

„Wir haben uns um Bensons Männer gekümmert und einen lebend mit einer Nachricht zurückgeschickt."

Der schwere Hufschlag eines Pferdes näherte sich uns.

Parker sprang von seinem Pferd, bevor es auch nur zum Stehen kam und sah sich auf der überdachten Veranda um. „Mary ist in Butte?"

„Scheiße, ja", grummelte ich. Die anderen Männer, die zurückgeblieben waren, wussten alle, dass sie gegangen war und einer von ihnen musste es Parker erzählt haben.

„Verdammt. Butte?", schrie Parker.

„Mason hat mir erzählt, dass sie behauptet hat, sie würde ihren Arsch trainieren und bräuchte daher Privatsphäre. Das nächste Mal, als er nach ihr geschaut hat, war sie weg."

Parker erstarrte mit großen Augen. „Diese Frau, wenn wir sie finden, dann wird sie all die Arten kennenlernen, mit denen wir ihren Arsch trainieren können."

Er setzte seinen Hut wieder auf den Kopf, ging zu seinem Pferd und ergriff die Zügel.

„Quinn ist ihr hinterher geritten. Sobald wir entdeckt hatten, dass sie weg war, ist er ihr gefolgt. Aber Butte ist eine große Stadt und ich bin mir nicht sicher, ob er sie so schnell finden wird."

„Oh, wir wissen, wo wir sie finden", murmelte ich. Ich überwand die Treppe zwei Stufen auf einmal nehmend und rannte mehr oder weniger zum Stall.

12

ARY

"Bist du dir sicher, dass du das tun willst?", fragte Miss Rose.

Ich befand mich wieder einmal in der Küche des 'Briar Rose' und mir gegenüber saß die Frau, die für mich mehr eine Mutter als eine Bordellbesitzerin war. Dieses Mal war ich keine unschuldige Jungfrau, die erpicht auf ein wenig lustvolles Kribbeln war. Eine Woche mit Sully und Parker hatten mich jeglicher Unschuld beraubt und ich war froh darüber. Ich hatte alles geliebt, was ich mit ihnen getan hatte, was sie mit mir getan hatten, was sie mir befohlen hatten, mit mir selbst zu tun. Mir hatten sogar diese verflixten Analstöpsel gefallen.

"Es ist meine Schuld, dass Sully in Gefahr ist. Er will keine Zielscheibe mehr sein, egal ob für Klatsch und Tratsch oder Gerüchte oder Gewehrkugeln. Er will einfach nur...Ruhe."

„Es ist nicht deine Schuld", widersprach sie, während sie sich erhob, um ihre Tasse mit der Kaffeekanne vom Herd zu füllen. Als sie mir die Kanne entgegenstreckte, schüttelte ich den Kopf. Ich war bereits nervös genug. Stimmen drangen aus dem Stockwerk über uns. Es war früher Nachmittag und auch wenn alle wach waren, bewegte sich niemand allzu schnell. Nora war für eine Tasse Kaffee heruntergekommen, hatte Hallo gesagt und war dann gegangen. Der Metzger hatte eine Box Fleisch für das Abendessen geliefert, aber ansonsten hatten wir die Küche für uns.

„Benson würde jeden Mann verfolgen, mit dem du verheiratet bist."

Ich runzelte die Stirn. „Das macht es kein Stück besser. Egal, mit wem ich verheiratet bin – wenn es stattdessen Parker wäre – er würde Bensons Erzfeind sein."

„Glaubst du nicht, dass Sully sich selbst verteidigen kann?"

„Doch das glaube ich." Beide Männer konnten sich selbst verteidigen und mich. „Aber auch wenn sie losgezogen sind, um mich vor diesen...Schlägern, die Mr. Benson geschickt hat, zu beschützen, löst das nicht das Problem. Er wird einfach neue Männer schicken, bis einer von ihnen Glück hat und Sully tötet."

Mir wurde schlecht, als ich diese Worte aussprach.

Miss Rose griff über den Tisch und nahm meine Hand. „Du liebst sie wirklich, nicht wahr?"

Ich lachte, aber traurig. „Ich kenne sie seit einer Woche. Sie wollten, dass ich fast die gesamte Zeit über nackt war!"

Miss Rose wirkte nicht schockiert, sondern amüsiert. „Was ist daran falsch? Für mich klingt es romantisch."

„Romantisch? Hast du irgendeine Ahnung, was sie mit mir gemacht haben?"

Sie lächelte, schüttelte ihren Kopf. „Oh ich habe eine Ahnung. Ich bin mir sicher, du kannst jetzt Chloe einige Lektionen erteilen."

Ich zog meine Hand weg und verschränkte beide in meinem Schoß. „Ja, ich schätze, das könnte ich. Aber Liebe? Ich bin mir nicht sicher, wie sich das anfühlt. Ich will nicht, dass ihnen irgendetwas geschieht. Ich will nicht, dass irgendjemand anderes sie in die Finger bekommt. Ich will sie...glücklich machen."

Miss Rose lachte und hob ihre Kaffeetasse in die Luft, als wolle sie mir zu prosten. „Mary Sullivan, das ist Liebe."

Ich sah hoffnungsvoll zu ihr auf. War es Liebe? Dieses... Bedürfnis, mich um sie zu kümmern, ihnen zu geben, was sie wollten? Sie hatten gesagt, es sei ein Privileg, mich beschützen zu dürfen und ich verstand das jetzt. Es war meine Aufgabe als ihre Frau, sie zu beschützen, wenn ich konnte. Das, was ich über Benson wusste, konnte Sully beschützen. Ich wollte ihn. Ich brauchte ihn. Alle beide. Aber Liebe? „Wirklich?"

„Deine Mutter, möge sie in Frieden ruhen, hätte dir das Gleiche erzählt. Dein Vater, nun ja, er ist ein Mann und ein Idiot."

Sehr weise Worte.

„Und ich muss ihm gegenübertreten. Wie spät ist es?"

„Halb drei."

Ich erhob mich und trug meine Tasse zum Waschbecken. „Er wird sicherlich wie immer um vier zu Hause sein. Ausnahmsweise bin ich einmal froh, dass er so penibel ist."

„Bis dahin wirst du hier sitzen bleiben und mir von deinen Männern erzählen. Ich will all die schlüpfrigen Details wissen."

PARKER

„Oh, mit Ihrer Frau haben Sie wirklich alle Hände voll zu tun."

Miss Rose stand an der Hintertür des Bordells und gewährte uns nicht einmal Zutritt.

„Lassen Sie uns rein und wir werden sie *Ihren Händen* abnehmen", erklärte ich ihr.

Wir waren in mörderischem Tempo von Bridgewater hierher geritten und direkt zum Bordell gegangen. Seltsamerweise war das ihr Zufluchtsort in dieser verrückten Stadt und ich wusste, sie würde hier in Sicherheit sein. Bei jedem anderen Ort hegte ich meine Zweifel. Aber Benson wollte sie nicht. Nun, er wollte sie, aber nur, wenn er sie heiraten konnte. Das würde weder in naher noch ferner Zukunft geschehen.

„Sie ist nicht hier. Deswegen lasse ich Sie auch nicht rein. Ich spare Ihnen Zeit."

„Scheiße", fluchte Sully und lief im Kreis. „Sie ist zu Benson gegangen."

Ich war bereit, zu seinem Haus zu gehen, seiner Mine oder wo auch immer er war und ihm mit meinen bloßen Händen den Kopf abzureißen. Wenn er Mary berührte oder auch nur in ihrer Nähe atmete...

„Benson? Nein."

Ich runzelte verwirrt die Stirn. „Wo zum Henker ist sie dann?"

Miss Rose hob eine zarte Augenbraue.

„Verzeihen Sie meine Ausdrucksweise, aber wir müssen sie finden, damit wir ihr den Hintern versohlen können."

Da lächelte sie und sah zwischen uns hin und her.

„Wir werden sie in Sicherheit bringen und *dann* werden wir ihr den Hintern versohlen", erklärte Sully.

„Sie ist zu ihrem Vater gegangen", sagte Miss Rose. „Sie weiß etwas, Gentlemen. Sie hat sich geweigert, mir zu erzählen, was es ist, aber es ist etwas, das dafür sorgen wird, dass Benson Sie in Ruhe lässt."

Ich war so frustriert, dass ich sie für ihre Antwort erwürgen wollte, aber diese Frau…zur Hölle, ich sah Mary in ihr. Oder sie in Mary. Stur, eigensinnig, klug. Verdammt logisch.

„Warum ist sie dann zu ihrem Vater gegangen? Der Mann interessiert sich doch kein bisschen für sie."

Sie legte eine Hand auf ihre Brust. Die Schichten an weißen Rüschen blendeten schon fast im Sonnenlicht.

„Sie wollte es mir nicht verraten. Aber Millards Haus ist leicht zu finden. Gehen Sie einfach in die Granite Street. Sein Haus ist das Größte."

MARY

„Hallo, Vater."

Mein Vater sah von seiner Zeitung hoch und seine Augen weiteten sich überrascht. Er trug seinen üblichen schwarzen Anzug, der zu jeder Tageszeit blitzsauber war. Seine grauen Haare waren ordentlich gekämmt, sein Doppelkinn verbarg immer noch den Hemdkragen. Er saß wie üblich in seinem Ohrensessel, wodurch seine runde Figur noch mehr zur Geltung kam. Vielleicht hatte sich auch nur meine Wahrnehmung von ihm geändert, nachdem ich nun mit Sully und Parker, zwei muskulösen Riesen, zusammen war. „Mary."

Sein Ton war weder wütend noch froh. Er war neutral, wie üblich. Ich löste bei dem Mann nichts aus, keine Freude. Tatsächlich war die einzige Emotion, die er mir gegenüber jemals gezeigt hatte, Ärger gewesen, als er herausgefunden hatte, dass ich ohne seine Zustimmung geheiratet hatte.

„Wo ist dein Ehemann? Sag mir nicht, er hat dich verlassen."

Oh. Da war der Gregory Millard, den ich kannte. Ich stand vor ihm, wie ich es mein ganzes Leben lang getan hatte. Zuerst stand ich immer in meinem Nachthemd und Morgenrock mit einem Kindermädchen vor ihm und wünschte ihm eine gute Nacht. Dann als ich älter war mit meiner Lehrerin, die ihm erzählte, was ich den Tag über gelernt hatte. Ich stand immer mit geschlossenen Füßen, geradem Rücken, erhobenem Kinn und vor mir verschränkten Händen vor ihm.

Es war nicht angenehm. Es war eine eher unterwürfige Haltung, aber sie war mir vertraut. Wenn ich ihn mit meinen Informationen konfrontierte, wollte ich mich wohl fühlen, zumindest so weit es eben möglich war. Das war der Grund, warum ich diese Tageszeit gewählt hatte. Er las immer Zeitung, bevor das Abendessen um fünf Uhr im Esszimmer serviert wurde. Er hatte kein Geschäftstreffen, musste niemanden unterhalten. Das war seine Zeit, um Zeitung zu lesen. Nichts anderes. Außer heute, wenn ich ihm zum ersten Mal die Meinung sagen würde.

„Du glaubst nicht, dass er länger als eine Woche bleiben würde? Ich bin schließlich eine Kupfererbin. Wenn ich mich richtig erinnere, hast du mir erzählt, ich sei die reichste Frau des ganzen Territoriums."

„Das wärst du immer noch, wenn ich dich nicht aus meinem Testament gestrichen hätte."

Ich hätte nicht überrascht sein sollen, aber das war ich. Vielleicht war es mehr in der Eile geschehen, mich von seinem Leben abzuschneiden als wegen seiner Rücksichtslosigkeit. Ich hatte immer gehofft, dass er vielleicht sein Verhalten ändern und ein netter und aufmerksamer Vater werden würde. Liebevoll. Das würde jedoch nie geschehen und ich musste diesen Gedanken aufgeben. Ich hatte Sully und Parker und sie waren genug. Sie gaben mir alles, was ich brauchte und es war nichts, was Geld kaufen konnte. Es war Liebe.

„Dann ist es ja gut, dass ich nicht wegen Geld hier bin."

Er faltete seine Zeitung ordentlich zusammen und legte sie auf seinen Schoß. „Warum bist du hier? Du hast dein Bett gewählt."

Ja, ja, das hatte ich. Ich dachte an unser Bett in Bridgewater, in dem Sully und Parker auf jeder Seite von mir schliefen. Ich war nackt und beide legten selbst im Schlaf eine Hand auf mich. Ich wurde behütet und beschützt, wertgeschätzt...und ja, geliebt. Ich hatte einfach nicht gewusst, was Liebe war, bevor ich sie kennengelernt hatte, bevor Miss Rose mir die Augen für das geöffnet hatte, was ich wirklich empfand. Mit einem Vater wie dem Mann vor mir, hatte ich nie erfahren, was Liebe war.

„Ich bin wegen Mr. Benson hier."

„Oh?"

„Du bist dir über seine Gründe, warum er mich heiraten möchte, bewusst?"

„Natürlich." Er seufzte. „Mary, ich leite die größte Kupfermine der Welt. Deine Annahmen schmälern deine Intelligenz, nicht meine."

Seine Beleidigungen waren nicht gerade subtil, aber ich

ignorierte sie, da das hier wichtig für mich war. Für Sully. Für uns drei.

„Weißt du, dass die Beauty Belle Mine versiegt ist?"

Er lachte und schüttelte seinen Kopf, tadelte und beschämte mich zur gleichen Zeit. „Versiegt? Unmöglich."

Ich würde mich nicht einschüchtern lassen. „Warum wollte mich Mr. Benson denn sonst heiraten?"

„Wir legen die zwei Minengeschäfte zusammen, um Angestellte zu reduzieren und die Effizienz zu verbessern. Wir brauchen keine zwei Arztstationen oder Essenslager, wenn wir eine Organisation sind."

Das war eine kluge Geschäftsidee und ich hatte dem kein Argument entgegenzusetzen.

„Wessen Arztstation würde geschlossen werden?"

„Seine, da sie kleiner ist."

Ich nickte langsam, entspannte meine Hände. Ich hatte recht. Mein Vater war klug, aber Mr. Benson war gerissener. „Und wessen Essenslager würde schließen?"

„Seines, weil es weiter entfernt vom Zug ist. Es wird weniger kosten, die Güter zu meinem zu liefern."

„Und welchen Nutzen hätte Mr. Benson von dieser Vereinbarung?"

„Außer dir?" Er sah mich direkt an, seine grauen Augen durchbohrten mich.

„Außer mir, welchen Gewinn zieht Mr. Benson aus eurer Geschäftsvereinbarung?"

„Wir erhalten jeder zwanzig Prozent des Gewinns der anderen Mine."

Ich nickte, als ob ich über seine Worte nachdenken würde. Es war kristallklar, zumindest für mich. „Und wenn du stirbst, wer würde erben?"

„Wenn du Mr. Benson geheiratet hättest, hättest du geerbt."

„Was bedeutet, er hätte alles geerbt, da eine Ehefrau keinen Besitz haben kann. Die Besitztümer einer Frau gehören ihrem Ehemann. Ich würde sagen, die Vereinbarung gereicht Mr. Benson sehr zum Vorteil."

„Erkläre deine Andeutungen noch einmal?"

„Es sind keine Andeutungen, es sind Fakten." Es war Hörensagen, aber das würde ich ihm nicht sagen. „Die Beauty Belle ist versiegt, was bedeutet, du würdest zwanzig Prozent von nichts erhalten. Mr. Benson hingegen würde zwanzig Prozent der Gewinne deiner Mine einstreichen, die floriert. Du brauchst die Anteile an seinem Geschäft nicht, da dir kein Bankrott bevorsteht und du reich bist. In dieser Vereinbarung würdest du die Gewinne *deines* Geschäfts verlieren."

„Woher willst du so etwas wissen? Wer hat dir das erzählt? Du kannst unmöglich von Geschäftsdingen dieser Art wissen!"

Mein Vater warf die Zeitung zu Boden, erhob sich auf seine Füße und trat zu mir. Sein Gang war langsam, da er unglaublich übergewichtig war und ihm die Gicht sicherlich wieder zu schaffen machte.

„Du vergisst, Vater, du bist derjenige, der mir eine so gute Bildung angedeihen hat lassen."

13

ARY

„Ich glaube kein Wort von dem, was du gesagt hast." Sein Gesicht wurde knallrot und er wischte mit seinem Handrücken die Spucke von seinem Kinn.

„Das solltest du aber", sagte Mr. Benson und trat in den Raum.

Ich wandte mich ihm zu, wobei meine Röcke um meine Knöchel peitschten.

„Benson! Hast du schon mal solche Lügen gehört?", fragte mein Vater.

Mr. Benson beäugte mich scharfsinnig. Die dunkle Wut war noch immer vorhanden, in seinen Augen, in der Anspannung seines Kiefers, in jeder Linie seines Körpers. Ich sah auch die Gerissenheit, die er zuvor so gut verborgen hatte. Jegliche Vortäuschung von Fürsorge oder Besorgnis für mich oder meinen Vater war verschwunden.

Er schloss die Tür hinter sich und drehte das Schloss mit einem lauten Klicken um. Ich trat einen Schritt zurück, da ich wusste, dass dieser Mann völlig aus der Spur geraten und verzweifelt war und ich in Gefahr schwebte. Meinem Vater war das noch nicht bewusstgeworden.

„Tatsächlich ist deine Tochter sehr schlau, Gregory. Die Beauty Belle ist versiegt. Was ich täglich zu Tage fördern kann, reicht kaum um die Rechnungen zu bezahlen."

Vaters Augen weiteten sich und ich machte mir Sorgen um seine Gesundheit. Ich hatte ihn noch nie so wütend gesehen, so außer Kontrolle. „Das ist lächerlich. Du machst jeden Tag eine Million!"

„Das tust du", entgegnete Benson. „Ich mache so viel wie eine billige Hure auf der Broad Street. Es hätte alles wunderbar geklappt, wärst du mir nicht in die Quere gekommen."

Er verrückte seinen Fokus von meinem Vater zu mir. Da er wusste, dass seine Vereinbarung nichtig war, dass ihm kein Teil der Millard Mine gehören würde, wollte er Vergeltung.

Ich trat noch einen Schritt zurück und hielt meine Hände vor mir hoch. „Sie hatten mir Ihre Ehe-Absichten nicht kundgetan und ich lernte Mr. Sullivan kennen, als ich in Billings war. Es war sehr romantisch."

„Romantisch? Du hast auf dem Bahngleis von Ficken gesprochen."

Vater ging rückwärts, stolperte über eine Ottomane. Eine Lampe taumelte, eine kleine Uhr geriet in Schieflage und fiel um.

„Er ist mein Ehemann, Mr. Benson. Es steht mir frei mit ihm...Geschlechtsverkehr zu haben."

„Ja, natürlich ist er das. Aber er ist nicht hier? Wo bitteschön ist der Schütze Sullivan?"

Er wusste, wer Sully war, wusste, dass seine bezahlten Männer ihn belagerten, um ihn zu töten. Ich musste einfach daran glauben, dass Sully und Parker, sowie die anderen Bridgewater Männer erfahrener waren und sie überlisten würden. Ich hoffte, dass sie alle in Sicherheit waren.

Ich hatte *nicht* erwartet, dass Mr. Benson im Haus meines Vaters auftauchen würde. Ich hatte vorgehabt, meinem Vater von Mr. Bensons Plan zu erzählen und ihn zu warnen, damit er die Vereinbarung nicht durchzog. Wirklich einfach.

Außer...

„Du hast den Schützen Sullivan geheiratet?", fragte mein Vater eindeutig verblüfft.

„Ja, das habe ich."

„Sie hat einen Bridgewater Mann geheiratet", erzählte Benson meinem Vater. „Weißt du, was das bedeutet?"

Ich warf meinem Vater einen Blick zu. Mir wäre es lieber, er würde die Wahrheit von mir als von Mr. Benson erfahren. Ich war stolz darauf, mit beiden Männern verheiratet zu sein. Ich würde unsere Beziehung nicht schmälern, indem ich zuließ, dass sie als etwas Verdorbenes dargestellt wurde. „Es bedeutet, dass ich den Schützen Sullivan *und* Parker Corbin geheiratet habe. Zwei Männer. Ich habe beide Männer aus dem Zug geheiratet."

Mein Vater erstarrte, sein Gesicht war ausdruckslos. „Du...ich meine...ich verstehe nicht."

Nein, das würde er nicht.

„Es bedeutet, dass Mr. Benson Sully tot sehen will. Denn dann wäre ich Witwe. Heiratsfähig. Er würde deine Geschäftsvereinbarung nicht brauchen, um an das Millard Geld zu kommen. Ich bin schon die ganze Zeit der Schlüssel gewesen."

„Ja, du kleine Schlampe, du hast alles ruiniert!" Mr.

Bensons Augen wurden schmal. Schweiß perlte von seiner Stirn und er begann, durch den Raum zu mir zu laufen.

Mein Vater suchte hinter seinem großen Tisch Deckung.

„Alles ruiniert? Ich habe nichts getan. Ich habe mein Leben so geführt, wie ich es wollte. Ausnahmsweise habe ich einmal nicht getan, was mein Vater wollte, was von mir erwartet wurde. Ich habe aus Liebe nicht nur einen Mann, sondern zwei geheiratet. Sie lieben und wertschätzen mich und ja, sie ficken mich. Aber das macht eine Ehe nun mal aus, sie ist keine *Vereinbarung*."

Mein Herz hämmerte in meiner Brust und ich begann zu zittern.

„Ich wollte die Geschäftsvereinbarung, ja", gab Vater zu. „Aber ich dachte Mr. Benson wäre auch ein guter Partner für dich. Ich lag eindeutig falsch."

Mr. Benson grinste, seine Zähne glänzten so hell wie das Weiß in seinen Augen.

„Mr. Sullivan ist tot." In seinen Worten lag eine düstere Heftigkeit. Er war sich so sicher, dass mein Glaube an Sully ins Wanken geriet. Was, wenn... „Ich habe mich um ihn gekümmert."

Nein. Er konnte nicht recht haben. Sully war zu gut darin...Sully zu sein. Er hatte Parker bei sich und auch die anderen Männer aus Bridgewater. Ich schüttelte langsam meinen Kopf. „Sie liegen falsch. Sie wurden beobachtet. Wir wussten, dass Ihre Männer auf dem Weg waren."

„Welche Männer?", fragte mein Vater und ließ sich auf seinen Schreibtischstuhl fallen.

„Männer, die angeheuert wurden, um ihren Ehemann zu töten", giftete Benson ihn an.

„Mit Ihrem letzten Geld?", fragte ich. „Das haben Sie verschwendet. Sully ist nicht tot."

„Du bist eine Närrin. Kein Mann, nicht einmal der Schütze Sullivan, könnte die O'Malleys überleben."

Ich hatte noch nie von ihnen gehört, aber das bedeutete nicht viel. Ich hatte auch nichts von Sullys Ruf gewusst und er war so sanft mit mir. Es sei denn, er war es einmal nicht und dann warf er mich aufs Bett und...oh. Ich konnte nicht daran denken. Nicht jetzt.

„Du kommst mit mir, bis ich die offizielle Nachricht von seinem Ableben erhalten habe. Dann werden wir heiraten. Keine Kirchenzeremonie, ein Friedensrichter wird genügen."

„Ich komme nicht mit." Ich lief rückwärts in einen Beistelltisch. Eine Porzellanfigur fiel auf den Holzboden und zersplitterte.

Er strahlte aus jeder Pore Wut aus. „Dieser Bastard, Sullivan. Er hat dich mir *gestohlen*! Du gehörst mir. Das Geld gehört mir. Dein Vater wird uns nicht aufhalten."

Ein schreckliches Geräusch zerriss die Luft und wir drehten uns alle, um zur Tür zu schauen. Sie war abgeschlossen gewesen, aber jetzt schlug sie mit einem lauten Knall gegen die Wand, dann prallte sie zurück. Der Türrahmen war zersplittert, zerstört.

Ich sprang in die Luft und keuchte, sogar Mr. Benson trat einen Schritt zurück.

Sully stand groß und muskulös im Türrahmen, den er mit seinem Kopf fast berührte. Er trat mit einem Gewehr in der Hand in den Raum. „Ihr Vater wird dich vielleicht nicht aufhalten, aber ich werde es tun."

Gott, er sah so gut aus. Ich ließ meinen Blick über jeden Zentimeter seines Körpers wandern. Er wirkte ganz und gesund. Perfekt. Er war *nicht* tot. Mir wurde ganz schwindlig vor Freude und Erleichterung.

Parker trat hinter ihm ein, dann Kane. Die drei waren so groß, dass sich der Raum plötzlich winzig anfühlte. Aber Mr. Benson war verzweifelt und schnell.

Er packte mich am Handgelenk und zog mich an sich. Der süßliche Geruch seines Haarwassers war widerlich. Er schlang einen Arm um meine Taille und die andere Hand um meinen Hals. Drückte. Sein Griff war fest, ein bisschen zu fest. Ich konnte atmen, aber nur schwer. Meine Augen quollen aus ihren Höhlen und ich kratzte mit meinen Fingern über seine Hände. Panik machte sich in mir breit. Sully und Parker hatten ihre Augen direkt auf Benson gerichtet, aber näherten sich nicht.

Warum halfen sie mir nicht? Schnappt ihn euch! Tut *etwas*. Keuchend zappelte ich und versuchte, mich aus Bensons Griff zu winden, was ihn zum Lachen brachte, was einfach nur wahnsinnig klang.

„Oh wirklich? Eine Drehung und sie ist tot." Seine Hand drückte noch ein wenig fester zu und ich gab ein gurgelndes Stöhnen von mir. Meine Nägel gruben sich in seine Hand, in sein Handgelenk, aber er war stark.

Sully sah mehr als wütend aus, aber ich konnte mich auf nichts und niemanden konzentrieren. Nicht mehr. Nur auf Mr. Bensons immer fester werdenden Griff.

„Lass sie los", forderte Sully. Ich hatte seine Stimme noch nie so wütend gehört. „Du willst, dass ich sterbe, damit du sie heiraten kannst. Sie hat tot keinen Wert für dich. Außerdem kannst du mich nicht töten, wenn du sie festhältst."

Mr. Bensons Hand lockerte sich ein wenig und ich konnte atmen. Ich schnappte nach Luft, entspannte mich leicht in seinem Griff. Es schien dumm zu sein, nicht gegen ihn anzukämpfen, aber ich war zu sehr damit beschäftigt, Luft in meine Lungen zu pumpen.

Ihre gestohlene Braut

„Das ist ein Anfang", erklärte Sully ihm.

„Du hast ein Gewehr auf mich gerichtet, Schütze. Ich bin nicht so dumm, deine Frau freizulassen. Du wirst mich einfach erschießen."

Sully streckte seine Hände zur Seite, lief seitlich zu einem kleinen Tisch und legte das Gewehr ab. „Da. Ich werde dich nicht erschießen."

Mr. Benson lockerte seinen Griff noch mehr.

„Benson!", schrie Vater.

Der Mann wandte sich instinktiv meinem Vater zu und trat dabei einen halben Schritt von mir weg.

Ein ohrenbetäubender Schuss ließ mich aufspringen, dann meine Ohren zuhalten.

Die Stimme meines Vaters klang flach. „Er wird dich nicht erschießen, aber ich."

Die Pistole meines Vaters rauchte und ich verstand nur langsam, dass er Mr. Benson erschossen hatte. Als das in meinem verwirrten Gehirn ankam, fiel der Mann zu Boden, fest, kompakt. Tot.

„Verdammt", murmelte Parker.

Sully überwand die Distanz zwischen uns mit wenigen Schritten und zog mich sofort in seine Arme. Ich spürte seinen Herzschlag an meiner Wange, fühlte seine Wärme. Wusste, dass er lebte. Er küsste meinen Scheitel, hielt mich so fest, dass ich kaum atmen konnte, aber dieses Mal war es mir egal.

Meine Ohren klingelten von dem einzelnen Pistolenschuss, aber ich hörte Parker sprechen:

„Sind Sie verrückt? Sie hätten sie töten können!"

„Ich mag zwar alt sein", erwiderte mein Vater, „ich mag mich sogar wie ein Bastard verhalten haben, was meine Tochter betrifft, aber ich bin ein guter Schütze. Dieser Mann hat Mary bedroht und er hat es verdient zu sterben."

Ich hob meinen Kopf und sah zu meinem Vater. Er hatte nicht einmal gesagt, dass er mich liebte. Mich nie umarmt, mir nie erzählt, dass er stolz auf mich sei. Nichts. Aber dass er Mr. Benson getötet hatte, bewies, dass er sich irgendwo in seinem Herzen um mich sorgte.

„Vater..."

Er schüttelte seinen Kopf, legte die Pistole auf den Tisch. Kane lief zu ihm und stellte sich neben ihn, nahm ihm heimlich die Waffe weg. Ich bezweifelte, dass mein Vater überhaupt wusste, dass er einen Mann getötet hatte. Er befand sich, genauso wie ich, in einem Schockzustand, vielleicht sogar noch mehr als ich. Er hatte nicht nur herausgefunden, dass seine Tochter nicht davongerannt war, um mit einem Fremden zu schlafen, sondern er hatte auch erfahren, dass sein Geschäftspartner kaltblütig war und vorgehabt hatte, mehrere Morde zu begehen.

Er hatte sich getäuscht. Er war getäuscht worden. Ich erwartete keine Entschuldigung oder überhaupt irgendetwas von dem Mann. Aber ich konnte ihm etwas geben.

„Danke, Vater. Danke, dass du mich gerettet hast."

Ich sah zu Sully hoch. In seinen Augen lagen so viele Emotionen. Wut, Zorn, Angst, Lust und Qual.

„Lass uns nach Hause gehen", schlug ich vor.

Er nickte einmal, dann drehte er uns zur Tür. Ich bezweifelte, dass er mich so schnell wieder aus seinen Armen lassen würde. Damit war ich einverstanden.

„Mary", rief mein Vater. Kane stand nach wie vor in der Nähe seines Tisches, vielleicht um sicherzustellen, dass er nicht noch etwas Unbesonnenes tat. „Es tut mir leid."

Sully zog mich aus dem Raum und durch den Flur. Ich fragte mich, ob ich das letzte Mal in diesem Haus sein würde, ob mein Vater mich ein für alle Mal loswerden würde. Jetzt würde ich mir allerdings keine Gedanken darüber machen. Jetzt würde ich mit Sully und Parker Ruhe und Frieden finden.

14

ULLY

Es hatte drei Stunden gedauert, bis der Sheriff herbeigerufen worden war, Bensons Körper untersucht und uns zu dem Vorfall befragt hatte. Millards Geld und Rang halfen und niemand wurde ohne Befragung ins Gefängnis geworfen. Ihr Vater mochte zwar ein Arschloch sein, aber er stellte sicher, dass Mary von dem Zimmer und Körper ferngehalten wurde, sowie als Erste dem Sheriff erzählen durfte, was passiert war. Parker, Kane und ich informierten ihn als nächstes und das schnell, da Millard darauf bestand, dass Mary genug durchgemacht hatte und ich sie nach Hause bringen sollte. Er hatte gemeint, sie könnte nach der Tortur in Hysterie verfallen. Auch wenn ich das bezweifelte, zeigte es, dass der Mann zumindest einen Funken Sorge für sie empfand.

Der Ritt zurück nach Bridgewater hatte drei weitere Stunden in Anspruch genommen. Sie hatte die gesamte

Reise über auf meinem Schoß gesessen, aber geschwiegen. Sie war sogar mit ihrer Wange an meine Brust gelehnt eingeschlafen. Ich hatte mich auf dem Weg beruhigt. Je weiter wir uns von Butte entfernt hatten, je länger ich sie gehalten hatte, desto ruhiger war ich geworden. Auf der Ranch war alles friedlich und Mary in Sicherheit. Außer sie zog wieder mit irgendeiner närrischen Idee los. Parker und ich würden noch vor Ende des Tages sicherstellen, dass sie so etwas nie wieder tun würde.

Während ich draußen vor der Eingangstür stand, betrachtete ich die friedliche Aussicht – Präriegräser wiegten sich in der sanften Brise, schneebedeckte Berge waren in der Ferne zu sehen. Die einzigen Geräusche wurden von Grashüpfern und dem Wind verursacht.

Als Mary Hand in Hand mit Parker zum Haus lief, wusste ich, dass ich genau da war, wo ich hingehörte. Ich war bei meiner Familie. Indem ich Mary geheiratet hatte, waren wir genau das geworden, wonach ich mich immer gesehnt hatte. Schon bald würden wir die Familie noch vergrößern. Ich wollte sehen, wie sich Marys Bauch mit einem Kind rundete. *Meinem.* Unserem.

So besitzergreifend, wie wir waren, brachten wir unsere Frau direkt in den Waschraum. Während ich die Badewanne mit Wasser aus der Zisterne, die von der Sonne erwärmt wurde, füllte, half Parker ihr aus den Klamotten. Als sie ihr Kleid ausgezogen hatte, bemerkte ich, dass sie weder ihren Unterrock noch einen Schlüpfer trug. Es freute mich, dass sie unsere Regeln sogar in unserer Abwesenheit befolgt hatte.

Wir badeten sie. Parker und ich knieten auf jeder Seite der Wanne und wuschen mit Seife und unseren Händen den Dreck und Schmutz des Tages von ihr.

„Warum seid ihr so nett zu mir?"

„Sollten wir dich stattdessen ersäufen?", entgegnete Parker, während er mit einem Waschlappen über ihre hellen Schultern glitt.

Sie sah hinab auf das Wasser. Es schwammen keine Blasen obenauf, nur der Rosenduft, den das Seifenstück in meiner Hand verströmte, lag in der Luft.

„Ich dachte, ihr würdet wütend sein."

„Ich war wütend", gestand ich. „Die Reise nach Hause hat meine Wut gedämpft."

Ich war nicht nur wütend gewesen. Ich war frustriert gewesen und hatte Angst gehabt und…verdammt, unglaublich viele Emotionen hatten mich durchflutet. Als wir in Millards Haus gelaufen und das Klirren vom Flur aus gehört hatten, waren wir den erhobenen Stimmen gefolgt. Es hatten sich mehr als zwei Menschen in dem abgeschlossenen Zimmer befunden, was bedeutet hatte, dass es sich nicht nur um eine kleine Vater-Tochter-Diskussion handelte. Unsere Frau war in der kurzen Zeit, in der wir sie kannten, nie jemand gewesen, der einfach ausrastete und ich bezweifelte, dass sie jetzt damit angefangen hatte. Ich hatte Parker einen kurzen Blick zugeworfen und er hatte mit angespanntem Kiefer genickt. Nur eine Tür trennte uns von Mary. Ich hob mein Bein und trat direkt neben den Türgriff, wodurch das Holz um das feste Schloss zerbarst.

Der Anblick, der sich uns bot, als die Tür aufgeflogen war…verdammt.

„Wir hatten unglaubliche Angst, dass dir etwas passiert war. Dann Benson – "

Parker sagte nicht mehr als das, sondern neigte Marys Kopf nach hinten, damit er ihre Haare waschen konnte. In dieser Position konnte ich sehen, dass ihr Hals keine Spuren des Angriffs aufwies.

„Besser?", fragte Parker und wrang das Wasser aus den langen Haarsträhnen, als er fertig mit der Haarwäsche war.

Ich war einfach nur zufrieden damit, zuzuschauen.

Sie nickte und lächelte uns an. „Viel besser."

„Gut, dann ist es jetzt Zeit für deine Bestrafung", verkündete ich, während ich mich erhob und ein Handtuch von dem Hocker neben mir nahm.

„Bestrafung?", fragte Mary und schaute zu mir hoch, während sich ihre Stirn runzelte.

Sie sah perfekt aus. Ganz. Unverletzt. Ihre Haare hingen als nasse Masse über eine Schulter. Ihren Wangen hatten eine gesunde Farbe, was so viel besser war als vorhin, als sie blass vor Schock gewesen waren. Unter der Oberfläche des Wassers wirkte ihr Körper bleich und üppig. Ihre Nippel waren rund und voll und weiter unten konnte ich geradeso das Aufblitzen der hellen Locken über ihrer Pussy erkennen. Ich sehnte mich danach, in ihrem Körper zu versinken, mich in ihr zu verlieren. Als sich Parker erhob, richtete er seinen Schwanz in seiner Hose und ich wusste, er empfand das Gleiche. Es war an der Zeit, sie gemeinsam zu nehmen, sie vollständig zu erobern. Aber das musste warten.

„Warum soll ich bestraft werden?"

Ich hielt das Handtuch hoch und nachdem Parker ihr aus der Wanne geholfen hatte, wickelte ich es um sie. Sie nahm die Enden und zog sie über ihre Brust, aber der Stoff wurde sofort feucht und klebte an ihren Kurven.

„Warum?", fragte Parker. Er zog sich aus, dann stieg er in die Wanne. „In deiner Nachricht stand lediglich, dass du nach Butte gegangen bist. Butte! Wir wussten nicht, wo du warst und mussten in ein Bordell gehen, um dich zu finden. Gerade du solltest von allen Frauen im Territorium am besten wissen, welche Art von Männern einen solchen Ort aufsuchen."

Er schnappte sich die geruchlose Seife und wusch seinen Körper.

„Ich war jedes Mal sicher, wenn ich in der Vergangenheit dort war", entgegnete sie und beobachtete Parkers Hände bei der Arbeit. „Bis ich euch geheiratet habe, habe ich in Butte gelebt. Nachdem ich dem Schulraum entwachsen war, war ich immer ohne Begleitperson unterwegs."

„In der Vergangenheit warst du nicht mit uns verheiratet und standst nicht unter unserem Schutz", wand ich ein und setzte mich auf die Bank unter dem Fenster, um meine Stiefel auszuziehen. „Zu dem Bordell zu gehen, war allerdings nicht deine einzige unüberlegte Tat. Du bist den ganzen Weg nach Butte allein gereist, dann bist du zu deinem Vater gegangen. Wieder, allein! Du warst auf die schlimmstmöglichen Konsequenzen nicht vorbereitet."

Parker erhob sich und stieg aus der Wanne. Er nahm sich ein anderes Handtuch und begann sich abzutrocknen.

„Hast du irgendeine Ahnung, was dir allein auf der Reise in die Stadt hätte geschehen können?" Parker hängte das Handtuch an den Haken, damit es trocknen konnte und stemmte seine Hände in die Hüften. Er griff nicht nach seinen Kleidern. Die würde er im Schlafzimmer nicht benötigen. „Du hättest vom Pferd geworfen werden können. Ein Klapperschlangenbiss. Gesetzlose!"

Ich war nicht allzu begeistert von benutztem Wasser, aber ich wollte mir den Schmutz abwaschen, bevor ich Mary fickte und ich war in Eile. Schnell kletterte ich in die Wanne und schrubbte mich.

„Ich wusste auch nicht, wo *ihr* wart, als ihr gegangen seid und ihr wart tagelang verschwunden", widersprach sie mit zornigen Worten. „Ihr seid mit anderen gegangen, aber ihr habt euch Gesetzlosen gestellt. Gesetzlose! Sie waren bewaffnet. Ich habe nur meinen Vater besucht. Meinen *Vater*."

„Dein Vater ist ein Arsch und hat Bekannte, die rücksichtslos sind", erwiderte ich, während ich die Seife abwusch. Es war ein schnelles Bad. Nur ein kurzes Eintauchen im gefrorenen Bach wäre schneller gewesen.

„Wir sind beide Männer des Militärs", erklärte Parker ihr. „Genauso wie alle anderen Männer auf Bridgewater. Wir wissen, wie man schießt, wie man gegen einen Feind kämpft. Wir planen für Notfälle, für schlimme Eventualitäten. Zur Hölle, selbst für Überschwemmungen. Es war unsere Aufgabe. Wir wurden dafür ausgebildet, die Unschuldigen zu beschützen *und* gegen den Feind zu kämpfen. Wir sind Bensons Männern nicht blindlings in die Arme gerannt. Wir waren zu sechst und die Männer, bei denen du geblieben bist, kannten den Plan, wussten, wo wir sein würden."

Ich stieg aus der Wanne und trocknete mich ab.

„Ich war gut bewaffnet", widersprach sie. Sie hatte ihr Kinn in die Höhe gereckt und die Farbe in ihren Wangen rührte jetzt nicht mehr von dem Bad her. „Ich besaß die Wahrheit. Unverrückbare Fakten über Mr. Benson, die sichergestellt hätten, dass mein Vater keine Geschäfte mit ihm macht. Das wiederum hätte sichergestellt, dass Mr. Benson nichts mehr von mir würde wissen wollen. Ich war *frei.*"

„Warum hast du uns nichts von diesen unverrückbaren Fakten erzählt?", fragte ich. Als sie dem Sheriff ihre Version der Ereignisse erzählt hatte, hatten wir von Bensons Mine und seinen Gründen erfahren, warum er Mary so verzweifelt hatte heiraten wollen. „Wir hätten mit dir zu deinem Vater gehen können."

„Ich habe es von Chloe erfahren, aber ihr zwei habt meine Pussy rasiert und direkt im Anschluss den Stöpsel in meinen Hintern gesteckt. Ich wurde abgelenkt und habe es völlig vergessen, bis ihr schon weg wart."

„Du wirst wieder abgelenkt werden. Genau jetzt. Lass das Handtuch fallen."

Mary tat, was Parker ihr befahl, und ließ das feuchte Handtuch zu Boden rutschen. Ihr konnten unsere harten Schwänze nicht entgangen sein, obwohl sie in ihrer Nähe eigentlich immer hart waren und sie sich daran gewöhnt hatte.

Er nahm ihre Hand und führte sie zu unserem Schlafzimmer. Ich folgte ihnen und genoss den Anblick ihres perfekten Arsches, der beim Laufen hin und her schwang, und die kleinen Grübchen darüber.

„Folgendes wird als nächstes passieren", verkündete Parker, ging zur Kommode und holte einen Stöpsel aus dem Holzkistchen, in dem wir sie aufbewahrten, dann das Glas mit Gleitmittel. „Du wirst uns zeigen, wie du den Stöpsel in deinen Hintern einführst. Denn wenn du ein braves Mädchen warst, hast du das in unserer Abwesenheit trainiert. Dann werden wir dich übers Knie legen und du wirst *nicht* zum Höhepunkt kommen."

„Wir wissen, wie gerne du es hast, wenn dir der Hintern versohlt wird und wir wissen, wie gerne du Objekte in deinem Hintern hast. Das ist bei weitem keine Bestrafung für dich", fügte ich hinzu.

„Ihr werdet mir mein Vergnügen verweigern?", fragte sie.

„So wirst du wissen, wie wir uns gefühlt haben, als wir

herausfanden, dass du weg warst. Frustriert, außer Kontrolle. Bedürftig."

„Dann werden wir dich erobern, Sully deine Pussy und ich deinen Hintern."

Wir standen da und warteten geduldig, dass sich Mary mit ihrem Schicksal abfand. Der Stöpsel würde in ihren Hintern eingeführt werden – wir mussten uns vergewissern, dass sie wirklich bereit war, uns gemeinsam aufzunehmen – und ihr würde der Arsch versohlt werden.

„Würdest du gerne, bevor du den Stöpsel einführst, zum Aufwärmen übers Knie gelegt werden?", fragte Parker.

Von uns beiden war ich der Herrische. Mary kam zu mir, wenn sie an der Wand oder über dem Küchentisch gefickt werden wollte, grob und hart und schnell. Wenn sie einen sanfteren Ritt wollte, suchte sie Parker auf, ritt seinen Schwanz oder umklammerte das Kopfende, während er sie nahm und dabei ins Bett drückte. *Er* war der Sanfte, der Tröster. Aber nach dem, was wir heute erlebt hatten, war Parker derjenige, der sicherstellen würde, dass sie ihre Lektion lernte.

Sie schürzte ihre Lippen, sah uns beide an, dann den Stöpsel in Parkers Hand und seufzte. Sie nahm das harte Objekt und krabbelte aufs Bett. Parker setzte sich auf die Bettkante und schraubte das Glas auf, während sie sich auf ihren Rücken legte.

„Mir wäre es lieber, wenn ihr es tun würdet", gab sie zu. Sie war nicht damenhaft. Sie benahm sich nicht wie eine Jungfrau oder schämte sich wegen der verruchten Dinge, die wir gemeinsam taten. Sie sprach die Wahrheit. Sie mochte den Stöpsel in ihrem Arsch und sie mochte es, wenn wir die Kontrolle übernahmen. Sie erkannte nur noch nicht, dass sie sich zwar den Stöpsel selbst einführen würde, wir aber dennoch die Kontrolle hatten.

Parker legte eine Hand auf ihr Knie, zog es zur Seite und Mary öffnete ihre Beine. So war ihre perfekte Pussy für uns gut sichtbar.

Ich stand am Fußende des Bettes, meine Hände umklammerten die Stange dort und ich beobachtete sie. Es war fast unmöglich für mich, nicht auf das Bett zu klettern und einfach in sie einzudringen. Sie war feucht, ich konnte sehen, dass ihre Scham glänzte und nass war. Sie würde so warm, so weich sein und sie würde sich so perfekt an meinen Schwanz schmiegen, ihr Körper würde den Samen aus meinen Eiern melken, während sie kam.

„Als wir weg waren, dachte ich an dich und wie du hier im Bett liegst und den Stöpsel allein benutzt", erzählte ihr Parker. „War es schwer, den Größten einzuführen?"

„Zuerst. Es hat eine Weile gedauert", gab sie zu.

Parker stöhnte. „Ah der Gedanke, dass du hier lagst, tief Luft geholt hast, während du ihn langsam in dich gedrückt hast. Ich werde kommen, nur weil ich daran denke. Du wirst uns genau zeigen, wie du es gemacht hast."

15

ULLY

SIE MUSSTE ERKANNT HABEN, dass es uns freuen würde oder dass sie mit ihrem Körper Macht über uns hatte, denn sie nahm zwei Finger und cremte den Stöpsel mit dem glitschigen Gleitmittel ein. Anschließend zog sie ihre Knie zurück zu ihrer Brust, führte den Stöpsel an ihren Hintereingang und drückte ihn gegen ihre gekräuselte Rosette.

Jemand hätte an die Tür klopfen können. Zur Hölle, ein Tornado hätte das Haus wegblasen können und weder Parker noch ich hätten es bemerkt. Mary dabei zu beobachten, wie sie sich mit dem Stöpsel füllte, war…fuck. Er ließ sich nicht mühelos einführen, aber Mary atmete durch, drückte und zog ihn zurück, dann drückte sie wieder, bis er sie weit dehnte und an Ort und Stelle glitt.

Ihre Füße fielen auf das Bett und sie seufzte. Ich starrte. Sie hatte den größten Stöpsel aufgenommen, was bedeutete, dass sie auch unsere Schwänze aufnehmen konnte. Wir konnten sie für uns beanspruchen...endlich.

„Gutes Mädchen", lobte Parker sie, als sie es geschafft hatte. Er überprüfte den Sitz des Stöpsels und sie stöhnte. Die Röte in ihren Wangen verteilte sich über ihren Hals und hinab zu ihren Brüsten. Ein leichter Schweißfilm überzog ihre Haut. Zufrieden gab er dem Stöpsel einen leichten Klaps, was ihr ein Keuchen von den Lippen riss. „Stell dich neben das Bett. Beug dich nach vorne, sodass deine Unterarme dein Gewicht tragen."

Vorsichtig rutschte sie zur Seite und vom Bett. Als sie stand, nahm Parker ein Kissen und legte es an die Kante, sodass ihr Hintern durch die zusätzliche Höhe in die Luft und in die perfekte Position gehoben wurde, als sie sich nach vorne beugte.

Ihre Wangen waren gerötet, ihre Haare halb getrocknet und lockten sich wild auf ihrem Rücken. Ihre Nippel hatten sich zu festen kleinen Spitzen zusammengezogen und ihre Augen glänzten lustvoll.

„Wir haben ein schmutziges Mädel geheiratet", stellte Parker fest und streichelte seinen Schwanz. „Sie mag einen Stöpsel in ihrem Arsch, Sully. Bist du bereit, dass mein Schwanz dich dort erobert?"

Mary beäugte Parkers festen Griff um seinen Schaft, wie er ihn streichelte und den schimmernden Tropfen Flüssigkeit, den er sehnsuchtsvoll auf der Spitze verrieb. Sie wimmerte. „Ja."

Parker erhob sich und streichelte mit einer Hand über ihr glattes Fleisch. Ich lief zu ihnen und sah, wie der Stöpsel ihre Pobacken teilte, ihre Pussy kam darunter perfekt zur Geltung. „Dann werden wir diesen Arsch zuerst schön pink färben."

Mit einer Hand auf ihrem Rücken führte Parker sie in die richtige Position.

Ich stöhnte, nahm meinen Schwanz in die Hand. Meine Eier zogen sich zusammen und ich drückte die dicke Spitze in dem Versuch, bei ihrem Anblick nicht sofort zu kommen. „Du bist so wunderschön, Schatz. Wir lieben es, dass du so ein verruchtes Mädel bist. *Unser* verruchtes Mädel."

Parkers Hand umfasste eine Seite ihres Hinterns, bevor er seine Hand hochhob. Mary spannte sich an, da sie wusste, was folgen würde, aber sie keuchte trotzdem, als seine Hand auf ihre Haut traf. Sofort erschien ein Handabdruck, der neben dem weiß pink leuchtete.

„Parker!", schrie sie und blickte über ihre Schulter zu uns. Ihre Hände krallten sich fest in die Decke.

Er grinste. „Dir gefällt das, nicht wahr?"

Sie verzog ihre Augen zu Schlitzen und funkelte ihn finster an. „Ja und du weißt das."

Er schlug ihr wieder auf den Hintern, auf eine helle Stelle, die förmlich um Farbe bettelte. „Genieß es, so sehr du willst, aber komm nicht."

Dann erteilte Parker ihr eine Lektion und versohlte ihr langsam, aber methodisch den Hintern.

„Wie sehr gefällt es ihr?", erkundigte ich mich. Parker zog seine Hand weg und ich glitt sofort mit meinen Fingern über ihre Pussy. Ich konnte sehen, dass sie feucht waren. Die feuchte Hitze zu spüren, zwei Finger in sie zu schieben und zu fühlen, wie sich ihre Wände um sie zusammenzogen, war fast zu viel zum Aushalten. Mary stöhnte und warf ihren Kopf in offensichtlichem Verlangen zurück, aber ich konnte es ihr nicht geben. Sie musste zuerst ihre Lektion lernen, also zog ich meine Hand weg.

„Sie tropft", verkündete ich mit vor Verlangen rauer Stimme.

„Bitte", keuchte Mary.

Parker schlug ein weiteres Mal auf ihren Po. „Was willst du?", fragte er

„Euch."

Dieses Wort. Gott, dieses Wort. Es war rücksichtslos und süß, verlockend und perfekt. Vielleicht war Parker aus härterem Holz geschnitzt als ich, denn er sagte: „Noch nicht."

Er versohlte ihr weiter den Hintern und es wurde schnell deutlich, dass Mary am Rand der Klippe tanzte. Sie konnte allein durch die Schläge auf ihren Hintern kommen, auch wenn der Stöpsel in ihrem Arsch sicherlich dabei half. Ihr Körper war so sensitiv, reagierte so gut auf uns. Sie wollte *alles*, was wir mit ihr taten.

„Ich…ich brauche. Ich kann es nicht stop– "

Parker zog seine Hand weg. „Du kannst. Du wirst. Du darfst nicht kommen."

„Warum?", schrie sie. Tränen rannen über ihre Wangen. Ihre Haare waren mittlerweile größtenteils trocken und klebten als verschwitztes Gewirr an ihrem Gesicht und Rücken.

„Brauchst du uns?"

„Ja!"

„Bist du frustriert?"

Da schluchzte Mary und versuchte, sich umzudrehen, aber ich legte eine Hand auf ihren Rücken. Wir hatten jetzt den Knackpunkt unserer Lektion erreicht und es war an der Zeit, dass sie wusste, dass ich an dem Ganzen genauso beteiligt war wie Parker. Er hatte ihr den Po versohlt, aber es betraf uns alle drei.

„Natürlich bin ich das. Ihr lasst mich ja nicht zum Höhepunkt kommen!"

„So haben wir uns gefühlt, als du uns deine Nachricht

hinterlassen hast, Schatz", erklärte ich ihr. „Als wir wussten, dass du allein gegangen bist. Wir waren so frustriert."

„Wir brauchten dich und du warst nicht da", fügte Parker hinzu.

„Wir waren außer Kontrolle. Hilflos. Verzweifelt."

Sie brach auf dem Bett zusammen und weinte. „Es tut mir leid."

Ich setzte mich neben sie, wodurch das Bett einsank, und zog sie auf meinen Schoß. Sie keuchte, als ihr geröteter Po gegen meine Schenkel drückte, aber sie schlang ihre Arme um mich und weinte.

Parker setzte sich neben uns und streichelte ihre Haare.

„Ich wurde einfach ausgeschlossen. Getrennt." Ihre Worte waren durch ihre Tränen nur schwer zu verstehen, also hielt ich sie einfach fest und streichelte mit meiner Hand ihren Rücken hoch und runter, bis sie sich ein wenig beruhigt hatte.

„Erzähl es uns", bat Parker sie.

„Wir sind auf meinen Vorschlag hin zum Bordell gegangen und ihr habt mir vertraut. Wir waren damals nicht verheiratet, aber es fühlte sich an, als würde ich in den Entscheidungsprozess mit einbezogen worden. Über *uns*. Aber als es um Mr. Bensons Männer ging, habt ihr mich einfach zurückgelassen."

„Es war gefährlich", sagte ich. „Wir werden dich niemals Gefahr aussetzen. Da lassen wir nicht mit uns reden."

„Ja, aber ich wäre gerne miteinbezogen worden. Man musste sich um diese Männer kümmern, aber die Lösung war einfach. Die Lösung hätte ich mit euch erreichen können."

Marys Anliegen war berechtigt. Wir würden nie ihre Sicherheit gefährden, aber sie war klug und sollte in alle

Probleme miteinbezogen werden, auf die wir trafen. Gemeinsam.

Parker sah zu mir. Er konnte anscheinend meine Gedanken lesen, denn er sagte: „Dann müssen wir besser mit einander kommunizieren. Wir müssen dich in Gespräche über Aktivitäten, die gefährlich sein könnten, miteinbeziehen."

„Das bedeutet jedoch nicht, dass du an diesen Aktivitäten *teilnehmen* wirst", stellt ich klar.

„Im Gegenzug", fügte Parker hinzu und hob ihr Kinn an, sodass sie in seine Augen sah, „wirst du nie wieder allein losziehen. Du hast zwar eine Nachricht hinterlassen, aber wie wir gesagt haben, würden nicht einmal die Männer hier auf Bridgewater eine solche Reise allein unternehmen und niemals ohne ein Gewehr."

„In Ordnung", stimmte Mary zu. „Es tut mir leid. Wirklich. Ich kann verstehen, warum ihr aufgebracht seid, warum ich bestraft wurde."

Ich küsste sie auf den Scheitel und atmete ihren Rosenduft ein. „Später wirst du dich auch bei Kane entschuldigen."

Sie nickte, wobei ihr Kopf gegen meine Lippen stieß.

Parker stand auf und ich lehnte mich nach vorne, drückte Mary auf ihren Rücken und beugte mich über sie.

Ich betrachtete ihr Tränen verschmiertes Gesicht und ihre Augen, die so klar und hell waren. Ihre Haut war immer noch gerötet, ihre Erregung nur gedämpft, aber nicht verschwunden. „Nun, du hast gesagt, du bräuchtest etwas von uns?"

Hitze glomm in ihren Augen auf und ein strahlendes Lächeln breitete sich auf ihrem Gesicht aus. Sie schüttelte ihren Kopf, weshalb ich meine Stirn runzelte.

„Ich brauche nichts von euch. Ich brauche einfach nur

dich." Sie hob eine Hand in die Luft in Parkers Richtung. „Und dich."

„Du hast alles Geld der Welt und dennoch willst du etwas, das keinen Wert hat und frei gegeben wird", murmelte ich. „Du verblüffst mich."

Sie hob ihre Hand, streichelte über meine Haare und umfasste meinen Hals. „Keinen Wert? Ich denke, was wir haben, was wir miteinander teilen, ist unbezahlbar." Sie drehte ihren Kopf und sah zu Parker hoch. „Ich bin bereit."

Parker ging neben dem Bett in die Hocke. „Ja, das bist du. Du bist bereit für deine Männer."

„Du bist die Unsere, Mary", fügte ich hinzu. „Es ist an der Zeit, dass wir dich erobern. Gemeinsam."

16

ARY

Mein ganzer Körper kribbelte. Mein Hintern war brennendheiß und pulsierte von Parkers Schlägen. Er hatte mich nicht mit Samthandschuhen angefasst, da es kein Spiel gewesen war. Es war eine Bestrafung, ganz einfach. Dennoch hatte mein Körper darauf reagiert, sehnte sich nach mehr und war immer noch hungrig. Es *gefiel* mir, wenn sie grob waren. Es *gefiel* mir, wenn sie mir den Hintern versohlten. Es *gefiel* mir, wenn sie ihre Finger in mich schoben. Es gefiel mir allerdings nicht, nicht zum Höhepunkt kommen zu dürfen. Ich war so kurz davor gewesen, aber sie hatten es irgendwie gewusst, hatten gespürt, dass ich am Rand der Klippe tanzte und hatten aufgehört. Wieder und wieder war ich mit strahlender Lust geneckt worden, aber letztendlich war sie mir jedes Mal verwehrt worden.

Ich war wild, verzweifelt, außer Kontrolle und so

verdammt frustriert gewesen. Ich verstand, wie sie sich gefühlt hatten, als ich die Nachricht hinterlassen hatte und nach Butte gegangen war. Ja, sie waren überfürsorglich und bevormundeten mich, aber ich hatte unvernünftig gehandelt. Ich wollte mich nie wieder so fühlen, wollte nicht, dass *sie* sich jemals wieder so fühlten.

Da Benson nun tot war... Ich erschauderte. Er war teuflisch und ich konnte es immer noch nicht fassen, dass Vater ihn erschossen hatte. Vielleicht steckte mehr in dem Mann, mehr in uns beiden, als ich jemals gewusst hatte, aber jetzt war nicht die Zeit, um darüber nachzudenken.

Jetzt war es an der Zeit, mit Parker und Sully zusammen zu sein. Gemeinsam. Ich hatte meinen Arsch für ihre Schwänze in ihrer Abwesenheit gedehnt und trainiert und jetzt, da der größte Stöpsel tief in mir steckte, wusste ich, dass ich sie aufnehmen konnte. Ich wollte, sie beide aufnehmen.

Ich *brauchte* es. Ich *brauchte* sie.

Es gab nur ein Wort, das ich aussprechen musste. Ein Wort, das sie so gerne hören wollten. „Ja."

Kaum hatte ich dieses eine Wort gehaucht, wurde ich hochgehoben und zum Bett befördert, als wöge ich nichts. Sully legte sich auf seinen Rücken, seinen Kopf auf die Kissen, seinen Körper ausgestreckt wie eine Opfergabe. Eine Opfergabe, die ich mehr als bereitwillig annahm.

Meine Pussy zog sich voller Verlangen, von diesem gigantischen Schwanz gefüllt zu werden, zusammen. Klare Flüssigkeit tropfte aus dem Schlitz seines Schwanzes und glitt über die dicke Vene, die entlang seiner Länge pulsierte. Ich kniete auf dem Bett. Parker stand mit seinem harten, heißen Körper in meinem Rücken. Er umfasste meine Brüste und glitt mit seinen Daumen über meine Brustwarzen, während ich praktisch auf Sullys Schwanz sabberte. Ich brauchte es. Ich musste diesen schimmernden Tropfen schmecken, ihn heiß und dick in meinem Mund spüren.

Und das sagte ich ihm.

Sullys Augen wurden sogar noch dunkler, Begehren blitzte in ihnen auf.

Parkers Hände gaben mich frei und ich beugte mich nach vorne, umfasste Sullys Schwanz, dann streckte ich meine Zunge raus und schmeckte ihn, schmeckte seine Essenz. Salzig und scharf benetzte er meine Zunge und ich wollte mehr. Dieser kleine Tropfen war für mich. Nur für mich. Ich öffnete meinen Mund weit, nahm die breite Spitze auf und saugte daran. Sullys Körper spannte sich an und er fluchte unterdrückt.

Ich konnte nicht sehen, was Parker machte, aber ich spürte, wie sich das Bett bewegte. Als ich Sully etwas weiter in meinen Mund nahm, fühlte ich Parkers große Hände auf meinen Schenkeln, die beharrlich meine Knie spreizten. Da ich Sullys Schwanz keinesfalls vollständig in den Mund nehmen konnte, begann ich mit festem Griff seinen Schaft hoch und runter zu streicheln, während ich meinen Kopf hob und senkte. Seine Hand landete in meinen Haaren und vergrub sich in ihnen, hielt mich an Ort und Stelle. Ich machte etwas richtig.

Als ich Parkers Zunge an meiner Pussy spürte, die über meine Spalte glitt und dann hoch zu meinem Kitzler, stöhnte ich. Das brachte natürlich auch Sully zum Stöhnen.

„Mach das nochmal, Parker", verlangte Sully. „Was auch immer du getan hast, ihr Stöhnen vibriert um meinen Schwanz."

Parker zwirbelte meinen Kitzler, dann saugte er ihn in seinen Mund. Ich stöhnte wieder und Sully stöhnte.

„Sie ist so feucht von den Schlägen. Ich lecke sie nur

sauber. Damit wir sie wieder schmutzig machen können." Vielleicht waren es Parkers Worte oder vielleicht trieb ich Sully zu nah zum Höhepunkt, denn er zog sanft an meinen Haaren und hob mich von seinem Schwanz.

„Ich will meinen Schwanz tief in deine Pussy stoßen, wenn ich komme. Setz dich auf mich."

Parker leckte ein letztes Mal über mich, dann küsste er meinen Innenschenkel, bevor er sich aufrichtete.

Ich hob mein Bein über Sullys flachen Bauch und legte meine Hände zur Balance auf seinen Oberkörper. Das heiße Gefühl seiner Haut, das sanfte Kribbeln seiner Haare verdeutlichten mir, wie groß er war. Ein richtiger Mann. Er war ganz und gar männlich und gefährlich. Potent und mächtig. Und dennoch hatte ich ihn mit meinem Mund auf seinem Schwanz zu lustvollem Stöhnen reduziert.

Wir konnten uns gegenseitig auf die niedersten Bedürfnisse reduzieren, uns darin verlieren, was die anderen taten. Wir sehnten uns danach, wir brauchten es, wir gaben.

Ich erhob mich über seinen Schwanz und ließ mich nach unten sinken, sodass diese wunderbare Spitze gegen meinen Eingang stupste. Ich war glatt und feucht und so gierig nach ihm. Ich drückte mich nach unten, spürte, wie meine Schamlippen für seinen Schwanz geteilt wurden, der mich öffnete, als er mich nach und nach füllte.

Mein Kopf fiel bei dieser fantastischen Empfindung zurück. Er war heiß in mir, heiß unter meinen Handflächen, heiß an meinen Innenschenkeln. Ich sank tiefer und tiefer, bis ich vollständig auf seinem Schoß saß. Dabei stieß der Stöpsel in meinem Hintern gegen seinen Schenkel und ich keuchte. Ich war so eng, so vollgestopft von seinem Schwanz und dem harten Stöpsel.

Es war nicht genug. Ich wollte mehr. Daher begann ich

mich zu bewegen. Ich glitt hoch und runter, wiegte und kreiste meine Hüften, wobei ich mich vergewisserte, dass mein Kitzler genau richtig an ihm rieb. Meine Augen schlossen sich und ich stöhnte. Das hatte mir gefehlt, als mir der Hintern versohlt worden war. Ich war leer gewesen und jetzt war ich so voll.

Parkers Hand glitt mein Rückgrat hinab, dann in einer sanften Liebkosung nach oben. „Beug dich nach vorne, Schatz."

Auf meine Ellbogen fallend, lag ich auf Sullys Brust, unsere Haut war feucht von Schweiß. Meine Brustwarzen rieben über seine Brust. Seine Hände umfassten meine Hüften und hielten mich fest, während er mich küsste. Zungen umspielten einander, Atem vermischte sich. Wir waren wahrhaftig eins. Aber einer war nicht genug.

Ich hatte zwei Ehemänner und ich sehnte mich auch nach Parker. Er begann den Stöpsel sanft aus meinem Po zu ziehen. Zuerst öffnete er mich weit und ich keuchte in Sullys Mund, aber er glitt mühelos aus mir und dann fühlte ich mich leer.

Wimmernd bewegte ich meine Hüften. Mehr. Ich brauchte mehr.

„Schh", beruhigte mich Parker.

Sullys Mund wanderte mein Kiefer entlang, meinen Hals hinab, als das Bett einsank und ich spürte, wie Sully seine Beine verschob, um Platz für Parker zu machen. Ohne weitere Verzögerung drückte er seinen Schwanz gegen meinen trainierten Hintern. Er war glitschig und heiß, beharrlich und fühlte sich ganz anders an als der Stöpsel.

Sully küsste mich weiterhin, während seine Hüften leicht in mich stießen und meine inneren Wände mit seinem Schwanz streichelten und stupsten, während er mich für Parker festhielt.

Der Druck von Parkers Eindringen wuchs und ich unterbrach den Kuss mit Sully. Ich konnte nur atmen und fühlte mich sicher in seinem Griff, mit seinen Händen auf meinen Hüften. Parker umfasste meine Schultern und ich fühlte mich geerdet. Ich befand mich zwischen ihnen und bald würden mich beide füllen.

Plötzlich gab mein Körper den Kampf auf und sein Schwanz glitt an dem engen Muskelring vorbei, der darauf trainiert worden war, ihn zu akzeptieren. Ich stöhnte auf, als ich ihn dick in mir spürte. Er pulsierte und war warm, hart und zur gleichen Zeit weich. Er bewegte sich nach vorne, zog sich zurück und drückte sich dann immer tiefer, bis er ebenfalls vollständig in mir war.

Wir atmeten alle schwer, Schweiß überzog unsere Haut. Das war kein jungfräulicher Sex. Das war dunkel und verrucht, dennoch liebevoll und der intimste aller Akte. Ich erlaubte diesen zwei Männern, mich zu erobern, mich gemeinsam zu nehmen. Auch wenn sie die Kontrolle hatten, hatte ich die ganze Macht. Ich war diejenige, die uns vereinte, Körper und Seele.

Als Parkers Schwanz vollständig in mir war, konnte ich daher nichts anderes tun, als die Kontrolle abzugeben. Ich gehörte ihnen, war zwischen ihnen fixiert, gefüllt von ihren Schwänzen. Aufgespießt, vollgestopft. Erobert. Es gab zu viele Worte, zu viele Emotionen dafür, wie ich mich fühlte, um sie alle laut aussprechen zu können. Also legte ich meinen Kopf einfach nur auf Sullys Schulter und atmete.

Als sich Parker langsam zurückzog, drückte Sully seine Hüften gegen mich, sodass er eine Spur tiefer in mich drang. Als er sich zurückzog, füllte mich Parker. Sie arbeiteten im Team, gegenteilig wirkende Kräfte, die mich zum Höhepunkt und darüber hinaus führten.

Das war nicht schwer zu erreichen. Ich war von ihrer

Bestrafung unglaublich erregt – Parkers Bauch klatschte gegen meinen wunden Hintern, während er in diesen eindrang. Ich konnte ihre Dominanz in allen Bereichen nicht vergessen. Ich war empfindlich und gierig, mein Orgasmus war genau vor mir, so strahlend und hell, so dunkel und hungrig.

Ich wollte es. Ich brauchte es. Ich brauchte alles, was mir meine Männer gaben.

„Nimm es", befahl Sully, als ob er spüren könnte, wie nah ich war.

„Ja!", keuchte ich.

„Du bist die Unsere, Mary." Parkers Stimme war rau, kehlig.

„Ja!", wiederholte ich.

Ja, ja, ja.

Ich musste gefüllt, erobert, gefickt werden. Ich musste zwischen ihnen gefangen sein, da ich genau dort hingehörte.

„Darf ich kommen?", fragte ich. Ich wollte ihre Erlaubnis, wollte ihnen alles geben. Meine Kontrolle war alles, das noch übrig war und als sie mir ihre Bestätigung gaben, war auch diese dahin. Ich übergab sie ihnen wie meinen Körper, meine Pussy, meinen Hintern, mein Herz.

„Jetzt, Schatz. Komm jetzt und ich werde ich füllen."

„Ja. Komm und drück unsere Schwänze. Melke den Samen aus uns und nimm ihn tief auf."

Die Wellen der Lust und des Verlangens waren zu groß. Ich unterlag ihnen in einer hellen Lichtexplosion. Mein Körper spannte sich an, ein Schrei blieb mir in der Kehle stecken. Ich konnte mich nur um sie zusammenziehen und sie drücken, meine Männer tief in mir halten, ihren Körpern den Samen auf die elementarste Weise entziehen.

Sullys Griff um meine Schenkel zog sich zusammen und

er stieß ein letztes Mal stöhnend in mich. Heißer Samen ergoss sich in mich, einen dicken Strahl nach dem anderen. Parker folgte ihm direkt im Anschluss, der Griff um meine Schulter spannte sich an und sein Schwanz pulsierte tief in mir.

Ihr Samen füllte mich. Markierte mich. Machte mich zu der Ihren. Es gab nichts mehr zwischen uns. Keine Barrieren. Keine Wände. Keinen heimtückischen Plan.

Wir waren frei.

Ich wimmerte, als sich Parker aus mir zog, seufzte, als Sully aus mir glitt, aber kuschelte mich an sie, als sie sich links und rechts neben mich legten. Ich befand mich nach wie vor zwischen ihnen, ihre Hände lagen nach wie vor auf mir. Nichts würde uns trennen. Ich hatte körperliche Erinnerungen daran – einen brennenden Po, sicherlich einige blaue Flecken auf meinen Hüften, Samen, der aus mir tropfte, aber ich brauchte nichts davon, da ich ihre Herzen besaß und sie meines.

HOLEN SIE SICH IHR KOSTENLOSES BUCH!

TRAGEN SIE SICH IN MEINE E-MAIL LISTE EIN, UM ALS ERSTES VON NEUERSCHEINUNGEN, KOSTENLOSEN BÜCHERN, SONDERPREISEN UND ANDEREN ZUGABEN ZU ERFAHREN. SIE ERHALTEN EIN KOSTENLOSES BUCH FÜR IHRE ANMELDUNG! TRAGEN SIE SICH IN MEINE E-MAIL LISTE EIN, UM ALS ERSTES VON NEUERSCHEINUNGEN, KOSTENLOSEN BÜCHERN, SONDERPREISEN UND ANDEREN ZUGABEN ZU ERFAHREN. SIE ERHALTEN EIN KOSTENLOSES BUCH FÜR IHRE ANMELDUNG!

kostenlosecowboyromantik.com

ÜBER DIE AUTORIN

Vanessa Vale ist eine USA Today Bestseller Autorin von über 40 Büchern. Dazu zählen sexy Liebesromane, einschließlich ihrer bekannten historischen Liebesserie Bridgewater, und heißen zeitgenössischen Romanzen, bei denen dreiste Bad Boys, die sich nicht nur verlieben, sondern Hals über Kopf für jemanden fallen, die Hauptrollen spielen. Wenn sie nicht schreibt, genießt Vanessa den Wahnsinn zwei Jungs großzuziehen, findet heraus wie viele Mahlzeiten man mit einem Schnellkochtopf zubereiten kann und unterrichtet einen ziemlich guten Karatekurs. Auch wenn sie nicht so bewandert in Social Media ist wie ihre Kinder, so liebt sie es dennoch, mit ihren Lesern zu interagieren.

BookBub

www.vanessavaleauthor.com

ANDERE ENGLISCHSPRACHIGE BÜCHER VON VANESSA VALE:

Steele Ranch

Spurred

Wrangled

Tangled

Hitched

Lassoed

Bridgewater County Series

Ride Me Dirty

Claim Me Hard

Take Me Fast

Hold Me Close

Make Me Yours

Kiss Me Crazy

Mail Order Bride of Slate Springs Series

A Wanton Woman

A Wild Woman

A Wicked Woman

Bridgewater Ménage Series

Their Runaway Bride

Their Kidnapped Bride

Their Wayward Bride

Their Captivated Bride

Their Treasured Bride

Their Christmas Bride

Their Reluctant Bride

Their Stolen Bride

Their Brazen Bride

Their Bridgewater Brides- Books 1-3 Boxed Set

Outlaw Brides Series

Flirting With The Law

MMA Fighter Romance Series

Fight For Her

Wildflower Bride Series

Rose

Hyacinth

Dahlia

Daisy

Lily

Montana Men Series

The Lawman

The Cowboy

The Outlaw

Standalone Reads

Twice As Delicious

Western Widows

Sweet Justice

Mine To Take

Relentless

Sleepless Night

Man Candy - A Coloring Book

www.ingramcontent.com/pod-product-compliance
Lightning Source LLC
LaVergne TN
LVHW011829060526
838200LV00053B/3956